U0658482

米兰女孩

[意大利] 多梅尼科·斯塔尔诺内 / 著

狄 佳 / 译

上海译文出版社

致阿尔贝托·科泽拉、
皮耶尔安杰洛·圭列罗、
乔瓦尼·波拉拉、
同学、
朋友，
按字母顺序排列。

一

　　八九岁的时候，我开始寻找死人沟 ①。学校里，意大利语课上，刚刚学了俄耳甫斯 ② 的故事。他曾降入冥界，想要把被蛇咬死的未婚妻欧律狄刻带回人间。我计划把这桥段用在一个女孩身上。虽然事与愿违，她还不是我的未婚妻，但是，如果我能把蟑螂、臭鼬、耗子、尖嘴鼠全都唱得神魂颠倒，再把她从地下世界救回来，那我俩一定能定情。关键在于，绝对不要回头去看她。对俄耳甫斯来说，做到这点不容易，对我来说更难。我觉得自己和他有不少共同点：我也是个诗人，只不过没有和别人说起过；而且，如果我哪天没见到那个女孩，哪怕只差一眼，我也会写出痛不欲生的诗句。话说想见到她还是挺容易的，毕竟，她就住在我家对面那栋，崭新的楼，漂亮的天蓝色。

　　这事开始于三月，那是个星期天。我家窗户在四楼，女孩家在三楼，她有一个大阳台，围着石护栏。我天性郁郁寡欢，女孩可不一样。太阳从来都照不到我这边，女孩

---

① 古希腊神话中的一条河流。死者的灵魂须渡过死人沟，才能进入冥界。

② 俄耳甫斯和欧律狄刻均为古希腊罗马神话中的人物，参见奥维德《变形记》第十卷第一篇。

呢，我觉得，她那里总是洒满阳光。她的阳台上开着五颜六色的花，而我的窗台上什么都没有，顶多有条灰不溜秋的抹布，外婆擦地之后晾在铁丝上的。那个星期天，我开始看那阳台，看那些花，看那个幸福的女孩。她的头发黑极了，恰如莉莉特——牛仔泰克斯·威勒①的印第安妻子，那是一个漫画里的牛仔，舅舅喜欢，我也一样。

我觉得，她似乎在扮演八音盒上的芭蕾舞女，平展着双臂，跳来跳去，时不时来个足尖旋转。她母亲从屋里高声叮嘱，言辞文雅，类似于别出汗，或者别急着转，小心撞到落地窗玻璃，会伤到自己的。她会礼貌地回答：不会的，妈咪，我能行，别担心。母女俩交谈的方式，就像书上或收音机里那样。她们的对话让我有些瘫软无力，不是因为内容——那些词句我早就忘了，而是因为她们的音调，让我神魂颠倒，和我家太不一样了。我家里，只讲方言。

我在窗前度过了整个上午，太想把自己扔掉，然后摇身一变，美好、干净，说着字典里温柔诗意的词，搬去下边那阳台上，走进那些语声、那些色彩里，永远和女孩生活在一起，偶尔，也会文雅地求她：请问，我可以摸摸你的辫子吗？

可忽然之间，她注意到了我。我立刻羞愧地躲了回来。

---

① 泰克斯·威勒是意大利系列漫画《泰克斯》的主人公，有史以来最著名的意大利漫画人物之一。《泰克斯》描写美国西部拓荒时期牛仔与印第安人之间的虚构故事，一九四八年第一期上市，一直以月刊形式出版至今。

这情形怕是惹恼她了。她停下舞步，瞥了一眼我的窗户，然后重新开始，更加卖力地跳舞。我小心翼翼，生怕再露头被她看到。见此情状，她做了一件让我瞠目结舌的事。她略显艰难地蹬上石护栏，立起身，沿着狭长的栏杆条移动，继续做她的芭蕾舞女。

阳光洒在她背后的玻璃上，衬着她那娇小的身躯，平展的双臂，大胆的跳跃，在死亡面前，如此无遮无拦。我探出身，想要她看清我。我准备好了，如果她跌下栏杆，那我也跳楼。

二

就在前一年，贝纳戈斯蒂老师跟我母亲讲过，说我定能成大事。所以，在我看来，找到死人沟、掀起盖板、走入地下，这项壮举由我来完成那还是绰绰有余的。关于这条危险的死人沟，我所掌握的大部分情况都来自外婆。谈起地下世界，她知道的可真不少，因为那些熟人、朋友、亲戚最近都去世了 ①，有的死于炸弹，有的死于海陆战争——更不用说，她婚后两年就死了丈夫，之后一生都在与他对话。

和外婆在一起有个好处：我从来都不会感到拘谨。首

---

① 这里应该是指"二战"。1940 年至 1944 年，那不勒斯被轰炸了逾 200 次。

先是因为她喜欢我，其程度远胜过喜欢自己的孩子——也就是我母亲和我舅舅；其次是因为，在家里，她完全没有任何威信可言，大家把她当蠢女仆对待，她能做的只是服从命令、辛苦劳作。所以，我会毫不顾忌地问这问那，想起什么就问什么。我一定是太烦人了，所以，有时她会叫我"见汤就钻的欧芹末子①"。意思是说，我就像那欧芹，切碎了的欧芹，深绿色，好似夏天的苍蝇，在水汽间飞来飞去，终归沾湿翅膀，落入汤锅。走开，她会说，你到底想要我做什么，见汤就钻的欧芹末子，走，走，走。她装出恼怒的语调和手势，但人却笑了，我也笑了。有时，我还会挠她的腰，于是她会大喊：行了，快把我笑尿了，你到底走不走啊，滚你妈的。我当然不可能放过她。那时候，我沉默寡言，总是在想自己的事，阴沉着，无论心里，还是外表，无论家里，还是学校。只有和她在一起的时候，我才会说个不停。而她呢，也和我一样，在别人面前就很少说话：她把话都装在脑子里，最多只和我讲。

死人沟的事是她头一年临近圣诞节给我讲的。那天，我有些感伤，于是问她："怎么才能死？"她呢，刚宰了只母鸡，正在拔毛，下手飞快，一脸嫌恶。听我这么说，她心不在焉地答道："你躺在地上，别再呼吸了。"我问："就这样？"她答："就这样。"可她说完就担心了——我觉得，

---

① 本书以仿宋字体表示原文为那不勒斯方言，下同。

那是因为她看到我果真躺在冰冷的地板上，倒不是怕我停止呼吸，而是怕我染上支气管黏膜炎。于是，她叫我："来我这儿吧，外婆的帅小伙。"她让我去她旁边，去那只半浸在沸水中的死母鸡旁边。"怎么啦，发生什么事了，谁让你不高兴啦。""没有谁。""那你为什么想死。"我告诉她，我不想死，我只想死过去一段时间，然后再醒过来。她给我解释说，人不可能只死过去一会儿，除非是耶稣，只有他才能死后三天复活。她建议，最好一直活着，别分心，别不小心去了冥界。就在那时，为了让我明白冥界的日子不好过，她第一次给我讲了死人沟的事。

她开始讲了："那个死人沟，有个盖板。"直到今天，我依然记得她说的话，每一个字都记得："那个盖板是大理石的，有挂锁、链条、锁栓，万一没关好，骷髅们就会蜂拥而出。那些骷髅，身上还挂着一点点肉，拖着临死前因苦痛而被汗渍染黄的殓布，大耗子在里面上上下下地窜。掀起盖板，进去之后，立刻就要把它盖好，然后再走下一段台阶。这台阶的尽头，不是走廊，不是布置着家具的房间，不是装着水晶吊灯、骑士贵妇女官齐聚的大厅。它的尽头是飞扬的尘土，是从天到地、从地到天的闪电，是一桶桶泡着腐肉的臭水。还有风，那风呀，小子，如此强劲，削平了山头，让天地间到处灌满凝灰岩①般的黄色粉末。她告诉我，除了风

---

① 那不勒斯地区有一种特色淡黄凝灰岩。传说，颜料"拿坡里黄"便得名于它。

的呻吟和连续不断的雷暴轰鸣，还有锤敲凿击声，是一些死人发出来的，都是些死去的男人，套着碎烂的裹尸布。红眼紫袍的男女天使当监工，他们长长的头发在风中啪啪作响，翅膀就和这只母鸡的一样，只不过羽毛是乌鸦肚皮色的，根据需要，可以收在背后，也可以展开。那些死人呢，他们的工作就是把巨大的大理石和花岗岩凿成碎石块，一直铺到海边。大海里，泥浆色的滔天巨浪成排打来，浪尖满是腐烂的海沫，就像榨橙汁的时候，榨到了一个长满蠕虫的橙子。啊，我的圣母，那些死去的男人，得有多少啊，真是太多了。更不用说死去的女人，她们总是忧心忡忡。周围的一切都在强风中震颤——山峦，土色的云天，还有那斜打下来的污水雨，汇集在风暴不断的大海里。山川大地间，总有一些爆裂声。事实上，整片大地都在崩裂，云朵碎成一块块，坠落下来，就连成排的大浪也在开散。于是，那些死去的女人，紧裹在挣扎离世时的殓布里，不得不赶过去匆忙缝补，有的拿着针线，有的带着最新款的缝纫机，用麂皮条把山、天、海重新拼在一起。而天使们呢，狂怒之下，眼睛更红了，大喊道：'你们在干什么呢，你们他妈的在想什么呢，狗娘养的，臭婊子，干活儿去。'"

那铺天盖地的翻腾、地震、海啸把我吓倒了，当时我只能目瞪口呆地听。后来我才意识到，这里面有些地方讲不通。外婆的叙述不够精确，需要重新整理一下。毕竟，她只读到了二年级，而我呢，已经三年级了，所以水平更高些。于是，我会要求她把某个点重讲一遍，讲得更清晰些。有时我只能挖出半句话，有时则能拽出一长串连续的故事。然后，我在脑海里摆弄这些信息，加上自己的想象，把它们一块块地焊在一起。

可我仍然满是疑惑。这大理石盖板在哪儿呀？在中庭的花坛里？还是在楼外？出门向右走？还是向左走？你掀开盖板——好，没问题，然后你再向下走，也不知道走多少级台阶，突然之间，在地下，你的视野开阔起来，有天，有水，有风，有从天到地、从地到天的闪电；但下面有电灯吗？有开关吗？如果需要些什么，找谁要呢？每当我去找外婆问求新信息的时候，总觉得她把之前讲过的全都忘掉了，还必须由我来一点一点地提醒她。有一次，她把黑羽天使的事一股脑地讲给我听，满是细节。据她说，那些天使是坏人，整天在打着旋的灰尘里飞来飞去，侮辱那些凿石块、缝大地的男女工人。她教导我说："劳动的人呀，小子，从来都不会是坏人；自己不劳动、靠别人劳动发家致富的，那才是坨屎；哼，屎可真不少啊，他们真以为自己来自亚伯拉罕的子孙袋呢，只想着发号施令：做这个，做那个，赶紧的。"她的丈夫，也就是我的外公被尘封在了二十二岁。他比她小两岁，一切都永远停在了那一年：世上再没有哪一个孩子像我这样，有一位年仅二十出头的外公。他留着大黑胡子，头发也是黑的，以当泥瓦匠为生——他可不是在脚手架上徘徊玩耍的那种，也不是游

7

手好闲、不想实干的类型。她丈夫八岁时就学会了不可或缺的造房技艺，是个极出色的泥瓦匠。一天下午，他摔下了楼，不是因为无能，而是因为他累了，都怪那些懒惰的人，逼他工作得太辛苦。他整个人都摔碎了，尤其是那张英俊的脸，那张原本像我的脸，大量的血从鼻子和嘴里流了出来。还有一次，她偷偷告诉我，说他也喜欢给她挠痒痒，死的那天还给她挠，挠完就走了，去死人沟里永远劳作，把她一个人留在这边，带着两个孩子，一个两岁的女孩，一个即将出生的男孩，身无分文，永生不得安宁。"过来呀，小地精，来靠着外婆，外婆可爱你了。"

她经常这样叫我："小地精。"对她来说，我就像个既恼人又善心的魔鬼，既犯嫌又人小鬼大，赶走晚上的噩梦和坏日子里的糟糕梦境。据她说，小地精们住在死人沟里，沿着碎石道跑来跳去，大喊大笑，互相打闹。他们身材矮小，但很强壮，用大篮子收集大理石刨片和锋利的花岗岩薄片。他们专找平的、开刃的，粗手指一碰就把石片点燃了，然后摔在鬼魅身上。从尸体里飘出来的鬼魅，都是陈旧坏念想的残余，坚持着，不愿烧成灰烬。不久前的一个下午，她格外忧郁，那次，她小声告诉我说，有时，小地精们会把自己变得又小又薄，设法从死人沟盖板下面钻出来，在那不勒斯城里四处转悠，进到活人的房子里。他们赶走恶灵，带来欢乐。有时，他们也会赶走缠着我外婆的那些鬼魅，尤其是那些吓唬她的。它们根本不懂什么是尊重，根本不想想她有多累，不想想她这一生为贵妇们缝了几千只麂皮手套，如今还得给全家人、给女儿女婿孙辈当女仆。只有一个人靠得住且永远靠得住，只有一个人会真心实意敬重她，这就是我。

三

不过，我要说的是，当驱魔精灵多没劲，我还是想做个令人神魂颠倒的诗人，把未婚妻从死人沟里救回来。不过当下还没有这个必要。那个小芭蕾舞女正稳稳地立在栏杆条上，并没有像我外公那样失足坠地。她优雅一跳，降在阳台上，穿过落地窗玻璃，消失了。这一来，我那本该跳到嗓子眼里的心，升到了被迷住的眼睛里。

无论如何，我开始为她担心。我怕，怕她就算现在没掉下去，之后也会出事。这样看来，时间紧迫，我得赶快会会她。于是，我等她再次现身阳台。当她果真出现的时候，我举起一只手，向她打招呼。可惜，我的动作太不明显了，没什么气力，主要是怕她不理我，那就丢人了。

事实上，今天、明天、后天，她都没有搭理我。也许是因为我的动作的确很难被注意到，也许是因为她不想讨我欢心。所以，我心生一计，何不守在她楼门口呢。我希望能等到女孩自己出门，那我会借机和她交朋友，用动听的意大利语和她谈这谈那，然后告诉她：你知道么，如果

9

你摔下去了，就会死的。我外公就是这样死的。我觉得有必要告诉她那件事，这样她才能充分思考、决定是否冒险。

放学回家吃完午饭之后、写作业之前，我会在街上玩两个小时，和比我野得多的孩子们打架，做一些危险的事，例如，撑着铁栏杆翻跟头。可那些天，我把这两个小时都用来等她了。但她从未出现过，既没有单独走出来过，也没有和父母一起出过门。显然，她的作息时间不一样，或者只是我不走运罢了。

但我没有放弃，那段时间我很是焦躁。我脑子里有不少词，还有不少幻象，无论哪个都和女孩有关。那时我没什么逻辑，时至今日，在我看来，小孩都没逻辑，逻辑是长大过程中染的病。我还记得，那时候，我会把好几件事掺和在一起。我希望撞上大运，在三楼找到了她的公寓，按响门铃，参照从贝纳戈斯蒂老师借给我的书里读来的话，对她的父亲或母亲——最好是她母亲，父亲们直到现在还是会让我害怕——说：这位亲爱的女士，您的爱女在阳台石护栏上翩翩起舞，如此美丽动人，可我一想到她会摔死在人行道上、像我那做泥瓦匠的外公一样口鼻出血，我就夜不能寐。此外，我也希望在窗前等着，等女孩再来阳台上玩的时候，让她看看，我也敢冒着死亡的危险，从厕所窗户爬到厨房窗户，一步又一步，坚决不往下看：这个壮举我已经完成过两次——其实容易，两个小窗户之间有一个共同的窗台，只要她表示同意，我就很愿意再来第三遍。

最后，万一我能和她说上一句，我也想让她知道——一句接着一句——她那美丽的灵魂令我如醉如痴，我的爱必定持续到天荒地老，如果她坚持在栏杆条上跳舞并坠下去，那她一定可以指望我，我会亲自前往地下世界，接她回来，绝对不会做那回头看她的蠢事。偷偷调查她的住址，奋不顾身展现胆识，把她从亡灵国度救回来，在我脑海里，这几件事互相之间并不矛盾。事实上，在我看来，它们是同一个故事的不同时刻。在那个故事里，我无论做什么，都能给人留下好印象。

那段时间，我不仅没能联系上女孩，还受到了长时间阴雨的影响，无法欣赏她在阳台上玩耍的样子。于是，阵雨间歇，我着手专心寻找死人沟，免得被悲剧打个措手不及。外婆刚给我讲过之后，我就已经做过一些尝试，但没有花太多时间。当时，有从贝纳戈斯蒂老师那里借来的书，有我母亲给我买的漫画，有在体育馆电影院 ① 看过的电影，所以，我有好多角色可以去演——牛仔、流浪汉、船僮、海难水手、猎人、探险家、游侠骑士 ②、赫克托耳 ③、奥德修

---

① 那不勒斯城沃梅罗区的一家著名老电影院，建于五十年代，本名彩虹电影院，因临近科拉纳体育馆而被人称为"体育馆电影院"。已于二〇一四年关张。
② 欧洲中世纪骑士文学中的样板人物，四处游荡，除妖杀敌，罗兰、圆桌骑士中的兰斯洛特、堂吉诃德都属于此类。
③ 古希腊神话中的人物，特洛伊城王子，也是保卫特洛伊城的主要将领之一，在与古希腊将领之一阿基琉斯的决斗中败北并被杀。参见荷马史诗《伊利亚特》。

11

斯①、平民保民官②，只是随便说几个而已。如此一来，寻找亡灵国度入口这件事就没那么重要了。不过，随着女孩突然闯入我的冒险生活，我对找入口这事更上心了，而且运气也不错。

一天下午——借用外婆紧张时说的话——一会儿下雨，一会儿不下雨，一会儿又掉几个点儿，所以，我不能离家太远，只能和一个朋友在中庭里转悠。天上挂满云，地上都是水坑。在种有棕榈树的大花坛的另一侧，我在地上发现了一块长方形的石头，如果我躺在上面的话，它比我还会长出不少，上面有一个巨大的锁栓，在雨水中闪烁。我看到它，不禁打了个寒战，不仅是因为湿冷，还出于恐惧。

"怎么了？"我朋友问，他叫莱洛，住在 B 栋。我喜欢他，因为只要没有别的朋友在场，他就会说意大利语，和书上写的那种很像。

"别出声。"

"为什么。"

"死人会听到你的。"

"什么死人？"

① 古希腊神话中的人物，古希腊将领之一，伊塔刻岛国王。特洛伊之战，古希腊人得胜，但因胜后令人不齿的行为，受到神灵惩罚，众将领在归途中遭遇千难万险。关于奥德修斯千奇百怪的遭遇，参见荷马史诗《奥德赛》。
② 古罗马共和国时期的重要官职之一。古罗马社会中，公民依据家族分为贵族和平民，大多数官员代表贵族基层利益，而平民保民官则是由平民议事会选举、代表平民阶层利益的官员。

"所有死人。"

"怎么会。"

"就是会，他们就在这下面。这块石头，如果我们取下锁栓，把它抬起来，鬼魅们就会出来。"

"我不信。"

"去摸那锁栓，看会发生什么。"

"什么都不会发生。"

"你去摸。"

莱洛凑近，我站得远远的。他蹲下来，小心摸了摸锁栓，突然一道闪电，晃眼至极，前所未有，随后紧跟一声炸雷。我拔腿就逃，他跟着我跑，吓得面如土色。

"看到了？"我气喘吁吁地说。

"看到了。"

"你会和我一起下去吗？"

"不去。"

"你这算哪门子朋友？"

"有锁栓。"

"我们砸了它。"

"锁栓是砸不断的。"

"你这么说是因为你吓出屎了。如果你不想来，那我就找一个女孩来，她什么都不怕。"

刚说完这话，发生了一件让我吃惊不已的事。莱洛坏笑一下，问道：

"那个米兰女孩？"

就是那次，我才意识到，让我朝思暮想的女孩，有这样一个模棱两可的称呼——米兰女孩。她不仅吸引了我，也让其他许多伙伴留心。不只如此。所有人都知道，太阳出来的时候，我会透过窗户呆呆地看她，或者在她家楼门前等很久。真的么？

我又把自己封入了往日的沉默。不过，临了我还是先回了他一句："滚蛋，狗娘养的，别鸡巴烦我。"如果没人能理解我到底有多特别、到底能完成多么伟大的事，那就得用上这套话。

四

只有外婆清楚这一点，打我出生那一刻起她就知道了。我一从她女儿的肚子里出来，她就确信自己的生活又有了意义。而这突如其来的意义——如今看来，这事说出来不可思议，甚至无法想象——就是我，就是我整个人，包括我的泪水、口水、臭气和屎，这一切迫使她不停地洗围嘴、褴褛和尿布。

我出生时，她已经四十五岁了。在发生我讲的这些事时，她已经五十三到五十四岁了。过去几十年来，她本已不指望生活了，哪怕一颗大麦糖都不指望了，但很快她就从我这里找到了各种甜蜜。我的每一个表现都令她兴奋不已，不是因为这些举动改善了她的生活——她的生活依然是无足轻重的，而是因为，就算我只是眨眨眼或说声"啊"，在她看来，那个眨眼、那声感叹，都证明了我是千百年在地球上降生的生灵中最好的那个。有时，她会满是感慨地回忆，我一出生就已经是一个雪花石膏做的小活人儿、一小口樱桃奶油酥、一个糖加香兰草加肉桂做成的小鬼头，就连我撒尿的时候，尿的也是圣水。比如那次吧，舅舅来祝贺，说她姐用了九个月时间把不知从哪个犄角旮旯里来的小东西带到了人世，还穿得这么讲究。正当他亲吻我小鸡鸡的时候，我滋了他一脸。她就这样看着我长大，看着我一刻都静不下来，过来，让我给你梳个头。

　　每天早上，她都仔细照料我，给我烦得不行。她会给我洗脖子、洗耳朵，头发上分出一条完美的缝，用肥皂固定好，让学校、让全世界都能看到我有多帅气。她对我的照料远超其他几个弟弟，做饭似乎只为我一人，分盘子的时候明显偏心，把最好的那块肉放在我盘子里。此外，每当我打碎了父亲在意的东西，她就立刻会说是她干的。她和女婿会这样对话，两个人都努力压着火：

　　"是我干的。"

　　"丈母娘，您打坏的东西也太多了。"

　　"我手里拿着酥挞皮 ① 呢。"

---

① 垫在意大利甜咸派底部的面皮。

"再小心点吧，求您了。"

"好，真抱歉。"

他俩关系不好，彼此之间能不说话就不说话。外婆负责家里的事，要把我们这些孩子看管好，避免我们捣乱。否则，如果我们捣乱了，那我父亲就会发火，就会骂她。挨骂会让她紧张，让她阴沉个脸，叨叨女婿、女儿、我弟弟们的坏话。但她从来不说我，我做什么都行，想出门也随时就能出去。"你去哪儿，小鬼头？""下去。""下去，去哪儿？""就楼下。""快点回来。""好。"然后我就跑开了。

那年春天，我不知道自己在院子里花了多少时间，总琢磨着，怎样才能打碎锁栓，掀开石盖板。在我看来，那下面就是死人沟。那是一块冰冷的石板，零星冒出几朵小紫花，有时还钻出一只蟑螂。一般来说，如果心不在焉地穿过中庭，除了来自广场的熙攘声外，不会察觉到任何声音。但是，如果像我一样，在那石头旁站着，哪怕只站五分钟，都会突然听到隆隆声，不知是从多深的地方传来的，然后是长长的嘶鸣声，还有叹息声，直让我打战。但我坚持着。勇士才能获得许多冒险机会，一想到这里我就神魂颠倒。可我总是觉得自己太胆小了，想要改掉这一点。所以，为了成为勇士，我愿意付出任何代价。为了锯开锁栓，有一次我甚至把父亲的铁锯也拿下去了。他不愿意我们玩这把铁锯，怕我们把手指锯断。

我忙活了一下午，也没折腾出什么成果。我锯了又锯，但锁栓纹丝不动，唯一的效果就是，铁与铁的摩擦令死人们或者天使们或者小地精们感到不安，给我送来一股股寒气，一阵阵嘶鸣声，让我又惊又怕，放慢了手中的工作。

错就错在我拖得太久。父亲下班回家，穿过院子，没有看到我，直接消失在了楼梯间。看来我没办法趁他不注意把锯子放回去了。于是，我决定把它藏在花坛里。这也算个好办法，第二天，我不用偷偷摸摸，直接就上手锯锁栓。锯着锯着，那下面，死人沟里，突然传来些什么东西的撞击声——也许，某个劳作的死人想要回到活人的世界，已经走到盖板不远处了，突然被天使抓到。我一方面被吓到了，另一方面也觉得，锯了这么久还毫无效果，真是心累，于是，我跑回了家，都没藏锯子。

一段时间之后，我父亲下班回家，怒气冲冲地挥舞着锯子。是门房给他的，还问他："是不是您的？"碰巧还真是他的。于是，他拷问每一个儿子，想要知道到底是谁把锯子拿走的，还丢在了中庭里。突然之间，我眼里涌满了泪水——啊，我真是恨透了眼泪，尤其是我父亲发火的时候，我就止不住地流泪，啜泣之间，我几乎要开始自责了，这时，外婆插了进来：

"我拿的。"

"丈母娘，是您拿的？"

"是的。"

"您为什么要拿它？"

"没有为什么，我要用。"

"别再把它忘在外面了啊，会生锈的，用锈了的锯子割伤自己，不就该得破伤风了？"

"好。"

"可别忘了啊。"

就是这样，关键时刻，她会为我牺牲自己。其实我并没有感激她。那时，在我看来，她对我表现出的所有热情，都是外婆们对自己第一个外孙施加的正常折磨。我根本没有想过要说谢谢，甚至经常想要尖叫："够了，该干什么干什么去，别总是管闲事。"如果不是怕我母亲扇我——她要缝的衬衫布片多得数不清，所以不想家里乱作一团——那我早就尖叫了。我必须承认，在那些日子里，我压根没考虑过如何回报外婆那时而牢骚满腹、时而黏人的爱——例如，给她一个吻：我从来没有亲吻过外婆，没有人亲吻过她，甚至，私底下，我都不觉得自己特别喜欢她。此外，客观上，我不太喜欢她这个外婆，其他孩子的外婆有比她强的。

比如，一天下午，米兰女孩的阳台上，出现了一位身着蓝衣的女士。她有碧色的头发，红润的肌肤，身姿挺拔，脖子上挂着两圈珍珠，神态自若地与女孩交谈着，直到残阳时分。小女孩想要为自己的足尖旋转赢来更多关注，总是"奶奶、奶奶"地叫她，于是，我想：那才真是奶奶，同时我也希望女孩永远不要看到我外婆。在我看来，我外婆太矮了，又胖又驼背，一张怪不好看的红脸，两颊还有紫色的血管，灰色的头发挽在脖子后面，用发卡固定着，牙齿没剩几颗，鼻子像菜椒，无论站在灶台和水槽前做饭，还是蜷在椅子里织毛衣，眼神都有些迷茫。

只可惜，正当我观望女孩和她奶奶时，我外婆出现在我身后，问我：你在看什么。我毫不犹豫地回答说：没什么。可米兰女孩，就在那一刻，拉了拉她奶奶的衣服，然后伸出食指指我，那指头伸得那么直，我感觉都快跨过空间、直接戳进我眼睛里了。

"没什么，真的么？"我外婆说。

"真没什么。"

"打招呼啊，骗子。"

"不。"

"打招呼啊，小地精，打招呼啊，小鬼头。"

"不。"

"那我来。"

真是倒霉死了，这些事她竟然也想插手，这可是我的私事，搞不好，可不让我颜面扫地？我不想让米兰女孩发现我有这样一个悲催的外婆，不想让她拿我外婆与她那个顶顶优雅、辞藻优美的奶奶相比。我赶紧挥挥手，想把注意力引到自己身上，但外婆却把我往边上推，换她自己挥手，甚至还轻轻说道："上午好。"尽管天已经黑了。女孩和她奶奶对这一问候做出了善意的回应。这一下，我更是暴跳如雷，躲进厕所，那是唯一一个可以让人平静的地方。外婆呢，我不知道，她可能还留在窗前，继续交换问候，可能还在低声说着些隔那么远根本听不到的话。

五

在很长一段时间里我都没有原谅她。她这个人很害羞，一点都不善交际。如果有陌生人跟她说话，她就会脸红，一直红到发根，甚至一路继续红下去。那她为什么还要这样做呢？时至今日，我已经知道，她之所以那样变了个人似的，只是因为，一段时间以来，她发现我会额头抵着窗户玻璃，或者探到窗台外，暴露在不尽和煦的春日空气中，长久而无用地望着女孩，把自己搞得筋疲力尽。

正是因为爱我，她才强迫自己违逆本性。是的，为了爱。我现在觉得，在我漫长的生命中，没有谁给过我这么多，当年，就连我自己都开始怀疑贝纳戈斯蒂老师高看我了的时候，外婆那份爱还在延续。其实，学业上，我慢慢——早在初中一年级的时候——就不再那么耀眼了，我听不懂课，走神，日常生活中也显得越来越呆，大脑被月光女神塞勒涅击中，似乎已经成了个老头。但外婆一直没有屈服。我因自己的无能而感到难过，甚至不想和她说话。每当她发现我这样的时候，都会试着逗我笑，和我说："啾啾啾，呱呱呱，乌鸦傻，你不傻。"她的意思是说，在我和其他那些叫个不停的乌鸦之间，完全没有可比性。广袤世界上不同地方的乌鸦都唱着同样的歌，而我呢，唱的内容如此与众不同，只有她才注意到了这一点。其实，有她这样的人偶尔如此看走眼，也不算坏事。一想到有人在惦念着你，你就会觉得宽心，即使她只是看走了眼：啊，这个人是多么宝贵啊，我愿意照顾她，直到我死的那一天。在我的一生中，每次遇到这样的人，我都尽力这样做，但第一次这样做，没错，是做给米兰女孩的。

我那时觉得，我对外婆有多宝贵，米兰女孩对我就有多宝贵。我对她的追崇也如外婆般无私。外婆那次打招呼的举动有什么效果吗？什么效果都没有。她做出了努力，违背了自己的害羞天性，可当我意识到这一点的时候，我也没有原谅她，只是忘记了她犯的错。同时，我也想百分之百地爱米兰女孩，就像我母亲的母亲爱我那样，不，还要更多。

此外，在接下来的日子里，她也尝试纠正自己。外婆很清楚自己惹我生气了，所以更加谨慎地为我的幸福而努力。例如，有一次，我正在厨房桌上试图解决几道复杂的算术题，她轻轻拍拍我的肩，几乎耳语般告诉我："那位小姑娘正在阳台上玩，你要去看看她吗？"我立即扔下数学题，跑到窗前去看。外婆忙这忙那，假装不理会我。

米兰女孩有时会玩洋娃娃，有时会扮演芭蕾舞女，有时会在泛黄的板条箱和家用清洁工具之间的空地上跳绳。

只要她抬头看我一眼，我就会向她挥手致意。不得不说，她不太回应我。也许，回应与否取决于那游戏到底有多吸引她，只有无聊的时候，她才会回应我的招呼。一个周日的上午，她完全没有搭理我，失落间，我想，不知道外婆和她未婚夫之间的关系是否也曾如此的摇摆不定。于是，我决定去问问外婆，想知道到底发生了什么事，才让她从胸口乃至全身上下都能感受到爱。

我觉得她似乎不想告诉我，也许，甚至连她自己都不知道。与丈夫的合影，她只有一张，保管得很严，连我都只看过一次，而且还是匆匆一瞥，所以我什么都不记得了，只看到两个棕色的影子，说他是谁都有人信。面对我这个私密问题，她红着脸说，第一次见到对方时，两人心中似乎都燃起了一团火，就像油灯或煤气灯点亮的凯旋仪式，两人的身体都亮了起来，突然被照亮了，要多美有多美。在我一再坚持下，她才又加上了一句，说他有两只闪闪发光的眼睛——可惜，如今闪闪发光的只剩下了一个，就是墓园棺材隔间前的那盏小灯，她花大价钱点的，因为，在这个世界上，小子，为死者驱赶黑暗的灯，也需要花钱买，有时候，他那双眼睛也会变得像冰一样冷，尤其是有人胆敢对他不敬时。就这么说吧，两人结婚后，每个星期天都会沿着直街 ① 散步，如果哪个狗娘养的敢看她一眼，外公

---

① 即翁贝托一世大道。这是那不勒斯主街之一，街道笔直，因此有了"直街"这样一个绰号。

就会立即备好手杖，抽出内藏的闪亮如火的剑。藏着剑的手杖对我来说可太新奇了。我又问了她一些问题，于是有了这样一段对话，收尾的时候，大约就是这样的：

"他决斗过吗？"

"那可没有。"

"那他杀过人么？"

"他没有必要这么做。"

"他战斗时帅吗？"

"他一直都很帅。"

"他像我吗？"

"像，但你更帅。"

"现在你已经知道他会坠楼而死，还会再次嫁给他吗？"

最后这个问题招她不高兴了，她忧郁起来，不再听我讲。可我又能怎么样呢？那时，我身边的人里，愿意听我问爱情和死亡问题、还有能力给出答案的，只有她一个。现在，又加上了剑的问题。对我来说，爱情与死亡这对概念当然无从避免，但晚上入睡前，我却也总是想到那根手杖。既可以用于散步，也能突然抽出一件武器，在天国、凡尘、冥界的千难万险前保护自己的爱人，我觉得这是男人最根本的任务，我愿成为它的忠实执行者。

事实上，之后一段时间里，我仍在为米兰女孩的事而焦躁不安。透过窗口，我给她打招呼打得越来越明显，尤其是她跳舞的时候，我会激动地表示赞许。我最怕她觉得

23

自己被忽视了，怕她为了得到更多关注而再次爬上栏杆条，这是我无论如何也不愿再次看到的，但我承认，我又希望她会那样做。她会死去这一可能对我来说是无法忍受的，然而，我又渴望能够冲入死人沟、把她救回来。或者，万一没救回来，就在余生中——以诗歌和散文的形式——悼念那个小小的身影，那春光与芬芳下的身影。一想到自己投身壮举、变成了无与伦比的诗人，我就感动不已。

六

甚至还有一次，外婆忙完某件事回来，一进家门就和我说："小姑娘正在楼下玩跳房子呢。"我连谢谢都没说——这可是应有的礼节，就连她也会和我讲究这些——就丢下作业，没管外套，我母亲喊"你去哪儿"的工夫，我已经关门出去了。

五段楼梯我都是溜下去的，也就是说，骑着那漂亮的深色木扶手滑下去的。那时我每天都会这样溜楼梯，已经算熟手了，不是为了赶时间，而是为了享受那种飞速前进、几乎躺在扶手上的感觉。最不济也就是飞冲而下、摔死在楼梯口而已。这种可能性，就算是平时我也完全不在乎，所以更别说现在我急着跑近去看女孩这种时候了。在我看来，摔死在楼梯口这种事，她一定欣赏得来。

这一次我又安然无恙地降落在楼梯口，我贴着死人沟穿过空无一人的中庭，冲进广场，焦急的张望射向四方。但我看到的，只是平时那些横冲直撞的伙伴们，他们正在售票处铁栏杆上翻来翻去，互相炫耀；还看到莱洛，正骑着他的新自行车转来转去；还看到三四个女孩，在水台边，礼貌地等轮到自己喝水或洗手。她不在，越是找寻，越是不见。

我立即拦住莱洛，威胁般冲他大喊：

"米兰女孩在哪里？"

他回答说：

"你瞎了吗？"

我环顾四周——歪斜的墙壁、路灯的长杆、孩子的尖叫、或清晰或模糊的颜色、晴空万里、午后太阳，这一片热闹里，就是没有她。我的童年怕是与如今的老年有许多共同点。现在，但凡要找点什么，比如找眼镜的时候吧，人越来越急，东西却怎么也找不到，一开口，语调更冲了："在这个家，找什么都找不到。"然后，我妻子就会走过来，带着对命运的无可奈何，说："那你觉得，这是什么？"我急了，嚷起来：

"你才瞎了，我眼睛好着呢。"

"真的吗？"

莱洛把自行车扔到一边，抓住我胳膊，一边骂我，一边把我猛劲拉到女孩那里。她就在楼门口旁边，与其他几个女孩玩跳房子呢。我脚戳在地上，拧着不往前走，但与此同时，看不见找不到的焦虑感已经退去，我终于能专注地去看了。这种时候可真够糟糕的，我无法信任自己，只要一个错误，我就会撕烂这个世界上的一切。

"到底是不是她？"

我不得不承认，尽管我还从未这么近地看过她，但她的确是米兰女孩。

"是她。"

"所以呢？"

"谁在乎呀，我又没找她。"

"骗子。你跑过来的时候就在喊：'她在哪儿呢？'"

"什么时候会有这种事？我说的不是米兰女孩，我说自行车呢。"

"你说的就是米兰女孩。"

"不是，我说的是自行车。"

为了向他证明这一点，我去抓自行车，把它立起来，和他解释说，我还有作业要做，时间不多，只是想休息十分钟，所以赶忙下来和他玩比胆量的游戏。

"你确定吗？"

"确定。"

看样子莱洛还是不太相信。刚才他清楚听到我在找女孩。他怕我隐瞒什么，于是拿话钓我。说：

"如果你是为米兰女孩而来，那已经晚了。我们俩已经谈过两次了，我觉得可以的时候，会立刻向她示爱。"

我感觉胸口受到重击，回话的时候已经不管不顾了：

"你什么都不许对她做，狗娘养的，我先看到她的，我俩互相打招呼已经有一个月了。"

"我俩更有进展，互相说过话了。"

"那你就不要再和她说话了。"

"否则呢？"

"否则我就去拿外公的手杖，用里面那把剑，把你杀了。"

我心想，这段对话可真棒，简直和书里一样。更不用说，手杖这事对莱洛影响颇大。他很快就忘了米兰女孩的事，继续向我问这问那，比如手杖是怎么制作的，手柄什么样，长剑还是短剑，闪亮如星还是闪亮如火，他还特别问我能否给他看看外公这把手杖，远远看看也好。我没有描述，也没有承诺什么：毕竟，别说手杖了，我甚至连外公本人都没见过。我只是暗示他，外公是位大剑客，我也差不到哪儿去。然后，我打断了对话：

"挑战吗？"

"当然。"

"我先骑自行车。"

"不，我先。"

"我说了我先。"

这种傻大胆的比试，我俩经常玩。两人轮流，一个人骑自行车，另一个当行人。骑车的一方要全速蹬踏板，朝行人冲过去；当行人的一方则要一动不动，等着自行车猛冲过来，直到最后一刻才能朝边上优雅滑开、躲过撞击。如果行人没这样做，而是逃跑了，那就算胆小鬼。

当然，我有自己的小算盘，是突然间想到的：女孩有好奇心，会停止玩耍，转而观看我们这场英雄般的对决；而我呢，扮演行人的时候定将大放异彩——我会在最后一刻躲开，反正莱洛是个好孩子，如果发现可能会撞到我，他就会刹车的；扮演骑手的时候，定将同样出色——我会全速朝莱洛方向前进，根本不怕可能杀死他，其实这只是因为他不信任我，他宁可当胆小鬼，也不想被送进医院。总之，我的计划就是让米兰女孩看看我有多英勇，莱洛有多差，然后，她就会选择我，永远爱我。我怀揣这个目的，和他开始了。

我蹬上自行车，转了一圈以便加速。莱洛正站那儿等着，摆出个漂亮姿势。于是，我冲向他，一边按铃，一边为米兰女孩而发出狂野战吼——在我的想象里，她已经把目光转向我，满是钦佩地思忖：我认出他了，他就是那个窗边的男孩，啊，终于。和往常一样，莱洛的英姿没能持续下去，他很快就沉不住气了，从我纵马狂奔般的疯狂路线上挪开，样子虽不优雅，倒也明智。我冲远了才刹车，同时还朝他大喊：胆小的叛徒，你会后悔的，你会付出惨痛代价的（最近我从书上读到了支付邑金这个概念，不过我觉得用在这里似乎不合适），我还说了其他一些套话。不过，我发现，女孩和同伴们都还在平静地游戏，就算看过我一眼，也早已无动于衷了。这一幕把我打击得够呛。

我把自行车交给莱洛，两腿叉开，肌肉紧绷，等朋友轧向我。莱洛也转了一圈，加速，向我冲来。我朝他大喊："你赢不了的，狗娘养的，有本事从我尸体上骑过去。"就这样，自行车过来了，疯狂打着铃。也就这样——太神奇了，女孩终于看了我一眼，或许只是想搞明白那边到底在玩什么游戏，但或许她真的是在为我的性命担忧，甚至想替我去死。她担忧我的性命，就像我日夜担忧她的性命，想到这里我似乎感到触电一般。

真像是触了电，所以我没有躲开。莱洛撞了过来，我的举动太过无畏，那荒唐劲儿令他不可思议，他虽刹住了车，但也不够快，前轮还是轧过了我的左脚，挡泥板和压花轮胎也撞在了我裸露的脚脖子上。

七

我早就不想当孩子了，但却也还无法改变这个事实。那时，关于送命这件事，我大约是这样想的：我会在战争、地震、海啸、黄热病、火灾、矿井坍塌及随之发生的煤矿瓦斯泄漏中英勇就义，而我爱的那些人呢，在我的想象里，他们会正常离开人世。对我来说，在思索与生存有关的美好和苦痛时，死亡是一个高光时刻，甚至，夸张一点说，死亡能给我带来快乐。尽管如此，不小心被刮伤，感到疼痛，看到血，嗯，生活中的这些可能依然让我无法忍受。更何况，它们往往会引出几滴让人害臊的泪。所以，此时此刻，就算是有受重伤之后身亡这种可能，我也无法略感安慰。在这一点上，如今老年时期的我也与童年时期有些相像。谈到死亡，壮年时期我曾经怕过它，如今已经无所谓了。不过，做手术，使用各种侵入技术去观察、取样、缝合，从麻醉中痛醒，以及各种折磨、苦痛、流血，还有风烛残年、脑力不济、揣测时日，这些，不，这些让我感到害怕，一想到这些，七十年之后的我甚至还会像九岁时那样想哭。

当莱洛向我撞过来的时候，一切都乱了套——我站着，我躺在地上，头顶上的天空裂开，沥青路向下陷去，我是在坠落么？在大脑某些大小沟回里，等着我的，不只是哭，还有疼。我突然惊醒了，此时，莱洛已经松开自行车，正在大喊，喊叫的内容并不是我俩之间通常使用的意大利语："*不是我的错，我刹车了，疼吗，让我看看，啊，我的圣母。*"然后我发现自己躺在地上。这可不行，我赶紧坐起来。脚脖子处传来一阵疼痛，我不安地看着它。没事，只有一道粉红色。我立即用手摸摸，粗略检查下。这一摸可不要紧，手指让那道痕迹更红了，似乎把它撕开了，冒出几条血丝。我有些不知所措，身边也围了不少男孩女孩，我希望米兰女孩不在其中。想法变得真是要多快有多快。

现在我想肆意尖叫哭泣，不想为了在她面前装出一副勇敢模样而憋着。况且连莱洛都注意到了："你流血了。"一阵由内到外的移动，我自己的一部分从体内逃了出去，模糊了我的视线，让我想重新躺倒在地，永远闭上双眼。

不过，我做了相反的事。我强迫自己站起来，装作看不清楚的样子揉了揉眼睛，然后，故意一瘸一拐地，低着头，走向水台。我谁也不想看，谁也不想听——此外，很多人已经回去游戏了，一边还失望地说：什么事都没有——我却还在气头上，怨自己，也怨别人，真想拿出外公的手杖，挥舞闪亮如火的剑，在我这么疼的时候，谁好好的就找谁撒气。莱洛又回到了意大利语：

"我来架着你吧？"

"不用，狗娘养的，看你都对我干了些什么。"

"我陪你走。"

"宁愿孤单，也不苟且相伴。"

于是我独自走远了，眼盯着地，拖着严重受伤的腿，走向水台。在那里，我冲了一遍又一遍，忍着不叫出声来。我一再确认是否有血涌出来或滴出来，可实际上，几乎没有血了——伤口的确有点烧灼感，但还不至于让我扭曲尖叫。可我越是确认，越是觉得自己染上了贫血——这头野兽总是埋伏着，必须偶尔吃点可憎的马肉来补充血液，或者破伤风——这个词神秘至极，可能藏在任何东西里，无论是虫子还是蛇，甚至连我父亲那么棒的人，每当看到我

31

们这几个儿子膝盖破皮或割伤时，他都会担心至极。

所以，我正在水台边上冲洗，突然，一个柔美的声音——我永远忘不了那个声音——问道："可以让我喝口水吗？"那口音一听就不是本地的，没有哪个那不勒斯人会这样说意大利语，就算是莱洛都不会。我立刻把脚脖子和光脚丫挪开，勇气、挑战、鲜血、男儿有泪不轻弹的强忍，心绪如麻。而此时，她，恰恰就是她，米兰女孩，又问："可以让我喝口水吗？"我低着嗓子、粗声粗气地回答："可以。"然后向后退了一步。

水台里流出的水劲儿很大，垂直落下，像是一根长长的白针，撞进盛满树叶、碎石、破纸的脏水池里，发出单调的咕嘟声，浮起一摊泡沫。女孩小心地环抱着金属水台，弯下腰，低下头。我这才意识到，她没有像漫画《小警长》①中基特警长妹妹丽兹那样扎辫子，也没有像基特女友弗洛西那样散着头发。也许是天气渐热吧，有人给她理了个短发。她一身黑：头发、眉毛、在阳台上晒过的皮肤、瞳孔都是黑的。但一张嘴，露出的牙齿却是如此的白，如此的整齐，那道耀眼的光一直回荡在我的记忆里。水溅在她嘴唇上，顺着她的下巴往下滴，我直直地盯着她看，也许是调皮，也许只是好奇。她似乎相当渴，喝了有好一会儿，可在我看来，她这么美丽，就算把水台里的水全都喝

---

① 意大利系列漫画《小警长》描写美国西部警长及朋友间的虚构故事，一九四八年至一九六六年间以周刊形式出版发行。

完，一动不动，永远占着那里，我也没意见。不过，过了一会儿，她停了下来，水重新开始发出单调的咕嘟声，她问我：

"你受伤了？"

"没有。"

"你在流血。"

"没流多少。"

"我可以看看吗？"

我表示同意。她双手支着膝盖，向前弯腰。

"有血。"她说，还把右手食指放在伤口上。

我忍住一声哎哟，回答她，坚信这是最正确的话：

"我喜欢你像八音盒上芭蕾舞女那样跳舞。"

"我也喜欢。"

"我更喜欢。但别摔下去了。"

"我不会摔下去的。"

"不过，万一你摔下去了，我会去救你。"

"谢谢。"

我们停在那里，只有我们两个，在那一连串紧凑的事件和时间里，伴着背景中水台的咕嘟声，我们就这样交谈着，说的内容，大概就是我刚才回忆的那些。就在这时，一个金发胖女人冲向我们，一把抓住她的胳膊，操着和我家一样的那不勒斯话，与女孩的米兰腔意大利语一点都不同："谁让你出来的，嗯？你都快把我急疯了，我到处找你，到底怎么回事？都不说一声就出家门，看你爸妈回来你怎么办，你等着瞧吧。"然后就把她从我身边抢走了，留下我，快乐而绝望。

八

我母亲给擦伤的地方消毒。我父亲怕破伤风，仔细检查一番。外婆却不在乎。要知道，平时我一有剐蹭，她就会万分痛苦，做家务时会低垂着眼帘，嘴唇时而无声地动动，也许是在祈祷，也许是在咒骂厄运。我借着酒精刺激伤口这事发了一通牢骚。不过，如果不是用来消毒的话，我还是挺喜欢酒精的，首先是那味道，一闻就能让身子舒服地瘫软下来，其次它与鬼很相近①，再次，就是那酒渍樱桃了。回首往事，那时我被爱情麻醉了，很快就忘了伤口。

之后那段时期，我幸福而惶恐。从窗户到阳台的瞥望对我而言已然不够，我期待能与米兰女孩再说说话。受伤后第二天，我就等她再次出现在阳台上，可惜她没来。

之后，我又在同一时间去过水台，希望能碰到她在那里喝水，然后再听一遍她如何抑扬顿挫地说出每个词。我没遇到她，却遇到了莱洛，他仔细看了看我的脚脖子，松了口气，说：

_____

① 在意大利语中，酒精和鬼魂这两个词都可以用 spirito 来表达。

"一点事都没有。"

"流了至少一升血。"

"但你现在挺好的。"

"一般般。"

"米兰女孩和你说什么了？"

"这不关你的事。"

"当然关我的事了，我想娶她。"

我们为此争论了很久。最后，我们计划在中庭里死人沟旁的僻静处来一场生死决斗。讨论武器的时候，我支持用伞骨架，就是我们藏在地下室里的那把；他不同意，他无论如何都要用外公的手杖来决斗。我反对，如果他用简单的伞骨架，而我用闪亮如火的剑，那我就会有优势，肯定能杀死他。但死这事撼动不了他，他对手杖太好奇了，只要能看到手杖，死也愿意。总之，他各种不情愿，最终，尽管我迫切想要杀死他，但也不得不推迟决斗。

然后我开始思考接下来怎么办。尽管现在每天都阳光灿烂，但女孩却再也不独自来广场了，出现在阳台上的次数也很少。她偶尔出现的时候，我就会把自己关进厕所，从小窗户探出头，看她，给她打招呼，有时还会把我严重受伤的腿伸到窗台上给她看。我感觉吧，面对我求关注的举动，她的回应不算热情，但也确实好奇，有时还会挥手向我打招呼。无论如何，不可能有任何其他交流。大声喊话就不要想了。首先是因为家里家外所有人都会听到我的

35

话；其次是因为，她家那边，在阳台上，总是有人看着，通常是她母亲，还有她父亲——两位都是英俊美丽的米兰人，不过，要我说，还是我母亲更美，甚至我父亲也更帅——以及口吐普通那不勒斯话的胖妖婆，就是她，上次把米兰女孩从我身边抢走。

我脑袋里燃着火，我已然忘不了了，那水台里的水，在米兰女孩的唇齿间闪亮。晚上，入睡前，我会想象自己顺着雨水管向上爬，一直爬到阳台上，尽管那旁边根本没有任何雨水管。我甚至想飞过去，借绳子之力从厕所窗户荡到阳台上，从我这个永远阴暗的角落荡到她那个总是洒满阳光的地方。我发着癔症，同时，在忧心忡忡和洋洋得意之间，我又相信，那些癔症就是我卓越品质的表现。直到后来，我才意识到，这种疯病是各个年龄段男性的共同特点，在他们的兴趣排行榜上，但凡把女人排在榜首，就会这样。

不久之后，我觉得，最好的办法就是给米兰女孩送去一条消息，里面告诉她：我求你，只和我说话，不要和莱洛说话。我想，也许应该从我父亲画图的纸卷上撕下来一大张，但最后我放弃了这个计划，我觉得这样做不够谨慎，邻居们都会看到的。犹豫再三，我还是打算依靠广场上的那个红色邮筒，它更安全，而且，我之前就曾经用它给活人和死人寄送过我的诗句。也不用花钱，只要等没人经过的时候就可以了。我会爬上投信口一侧的矮墙，探出身去，把事先画上邮票的笔记本纸页塞进邮筒。我通常不写收件人，诗句和散文都是默认写给全人类的。但那一次，我先在顶部写下："米兰女孩收"，然后用粉彩笔画上了邮票，最后，我又用不时获得贝纳戈斯蒂老师赞赏的漂亮字体，先写上了我早就想好的那句话——"我求你，只和我说话，不要和莱洛说话"——然后又加上一句："我比他强多了，也帅气多了。"看着这封信，我心花怒放，跑去寄。刚塞进去，莱洛就来到我身后。

"你往里面放什么了？"

"要你管。"

"告诉我。"

"我爸写给画家马内①的一封信。你知道他么？"

"不知道。"

"你看你？你什么都不知道，还想娶米兰女孩。"

"就算不认识那些画家，也能结婚。"

"和米兰女孩就结不了。"

"她想嫁给谁，由她决定。"

"由剑决定。我会杀了你，然后娶她。"

"好吧，但必须带上你外公的手杖。"

他对那手杖念念不忘。我觉得，就在那时，我萌生了一个想法：和擅长手工的弟弟一起造把手杖，抓住手柄向

----

① 即法国十九世纪画家马奈，孩子的发音不准确。

外拉，就能抽出我外婆织毛衣用的铁扦子，那看上去可比雨伞骨架更像剑。看，就是它，到时候我就能和莱洛这样说了。然后说：预备。再然后，两位剑客间将有一场漫长且危险的交锋。最后——我希望——莱洛倒在血泊之中。

九

创作的时候，我总是需要一点真实情况，从小就是如此。所以，我打算再看看外公和外婆的老照片，我对它的印象已经有点模糊了。如果我想把假手杖造好，那至少需要看一眼真家伙。所以我希望照片上也出现了那件武器。我开始磨外婆，把我研究手杖剑的迫切需求说成是外孙对她已逝丈夫的感情。她的脸变得比平时更红了，犹豫着，说我得等等。我意识到，她需要找到一个合适的时机，而这个时机——我猜——恰恰就是我父亲不在家而且不大可能回家的时候。

他说起她那遥远的爱情、订婚、婚后生活时总是带着嘲讽——有时甚至是直白的侮辱，她不想听。父亲心情好的时候经常说："丈母娘，您实诚点吧，您不记得过去怎么回事了么？过去那些事，您醒着，您睡着，谁知道，也许您在做梦，来了这么一个混蛋小街霸，啪啪啪，然后就生出这么俩孩子，一个漂亮女孩，感谢天父，一个小子，丑，还不聪明，多半就像您那个泥瓦匠老公吧，愿他的在天之灵安息，但您又能怎样呢，每个人都会把自己有的那点东西给孩子，所以儿子就变成了个混蛋，那叫一个抠啊，您的赡养费他从来没有掏过一个子儿，您之所以能像富太太一样在我这里住着，还不是靠我这个大艺术家的慷慨么，您说是不是，又怎么了，您怎么又哭了，求求您，丈母娘，别生气，我开玩笑呢，我还是很喜欢您的。"

事情大约就是这样的，但没办法，外婆不喜欢这样的玩笑，她会很生气，紧咬嘴唇，与泪水抗争，躲进自己心里，逃避他。餐厅里，她自己那张床下，一个深色的木匣子里，装着她仅有的那一点点东西，绝对不会给我父亲看见，因为他总是冒犯她，毫无尊重可言。

由于我也在躲父亲，所以有些理解她。我感觉她匣子里的秘密就类似于我那些秘不告人的游戏和幻想。每当父亲在家的时候，我都会停下来，或者把它们从眼里抹去，仿佛他是来自死人沟的黑羽天使。所以，没错，我总是去磨她，让她给我看那张照片，但每次都会等父亲不在家而且几个小时之内肯定不会回来的时候。在我的一再坚持下，她终于妥协了。她弯下身，从床下深深的黑暗中拉出匣子，翻了翻，找到了那张照片，然后再把匣子重新扔回黑暗，呻吟着站了起来。

我想强调一下，这是我童年时代的一个重要时刻，但它没有自己确定的时空，没有氛围，没有光，没有热，没有外婆的呼吸。在记忆里，这一刻只有照片，只有那张棕色的长方形纸板，图像上有许多白色的裂缝。其他什么都没有，甚至没有我自己。所以我现在只能大概讲讲。我猜，当时我立刻就看向了外公，看到那个摔碎而死的他。在那张照片里，他还是一个年轻的小伙子，站着，上半身略微倾斜，一只手肘靠在椅背上，头发向后梳得黑亮，额头不算窄，但也不算宽，压在浓密的黑眉毛与和善的眼睛上，深色外套下衬衫白亮，打着横纹短领带，用不知哪种贵金属做的领带夹固定着，手帕塞在口袋里，最后，就在那里，那根神奇的手杖。

他真有这件东西，那是一根黑色的木棒，有个球形手杖头，也许是银的。但他没有像正常那样撑在手杖上，而是用两只手拿着，让手杖呈对角线方向，隔在胸腹之间。我想：他之所以这样拿着，是因为遇到我父亲这样的人对他说坏话的时候，他就能左手攥紧手杖，右手抓着球形手杖头，把剑拔出来了。事实上，我已经看到他，我外公，死而复生，把女婿刺穿，谁让这个家伙冒犯他的女人、他的妻子。就该如此。整个世界，每一个生命，都在残酷战争中挣扎不已。我们男人，无论如何都要随时处于警戒状态，要么等待攻击机会，要么被他人攻击，被人冤枉，然后报仇，或者冤枉别人，然后战胜前来复仇的人，啊，多棒啊，这就是我们的命运，死亡也不会让我们停下脚步，根本不会。外公那年轻的尸体已经从纸板上一跃而出，现在他拔出了剑，在褐色的空气中划出半条弧线，然后把剑指向我，邀请我和他比试一下，那姿态真叫一个优雅有力！外婆轻声问道，声音相当激动：

"他帅吗？"

"帅。"

"那我美吗？"

听到这个问题，我才意识到，外公身边还有她。我不太情愿地在照片里找她。我看到她了，她坐在椅子上——谁知道，也许是公主用的扶手椅，拿手杖的年轻人一只胳膊就架在上面。她才真的叫人惊讶。那时她浑身上下多少珠宝，现在全都没了：耳垂上挂着耳坠，镶着贵宝石，胸针上装饰着许多水钻，看起来像一颗小彗星，细金链子上穿了一个十字架，怀表落在腿上，拴着一根闪亮发光的空心长链子①，一只手镯，至少三枚戒指，一只手上两枚，另一只手上一枚。她坐着，穿着长裙，裙摆几乎碰到小皮鞋，裙子从臀部向下放宽，方便迈腿，但腰部收紧，胸部也是——这里有纽扣、定型褶、碎抽褶和泡泡边，面料也不知道是什么颜色的，照片里弥漫着棕色，一条条白色小溪穿过，叫人无法说出到底什么颜色。紧绷的高领支在裙子上，最顶上——真是不可思议——绽放出一朵头发制成的花冠，宽大、柔软、黑极了，那些卷涡，也不知是多少小梳和发夹固定出来的。最后是面部，啊，多么精致的五官，

---

① 那不勒斯十九世纪特色饰品，由款式夸张的空心金珠衔接而成。

那是怎样的眼型，那是怎样的颧骨，那是怎样的唇线。她直直地看着我，我想：不可能，我脑子里有种抽搐的感觉。

"我，"外婆忐忑不安地又说了一遍，"我看起来如何？"

"美极了。"我回答道。

真的，她真是美极了。但我有生以来头一次感觉到，在某些情况下，词语就像是坏掉的玩具，里面的装置突然无法正常工作了。她想知道什么？我又能告诉她什么？她想知道自己当下如何——她问我的是："我看起来如何？"——可到底是哪个当下？是哪里的当下？是照片外？还是照片里？她说"我看起来如何"，指的是什么时候？指的是谁？指的是给我看照片的那个外婆？还是照片里、坐在拿手杖死者身边的那个？我觉得自己的脑袋被幻想冲昏了。我想，如果那位靓丽的富太太真是我外婆，那她一定那时就带着悲伤，和泥瓦匠丈夫一起离开了人世；而我身边这位奇丑无比的外婆，恐怕是多年前死去的外婆又活过来的罕见例子。也许，她曾慷慨地前往死人沟、去救丈夫，但回程路上却转身看了他一眼，于是彻底失去了他，独自回到活人之间，已被那段惨痛经历折磨得不成样子。太可惜了。如果她仍然像照片中的外婆一样，那米兰女孩的奶奶可就比不过了。真那样的话，我会一次又一次地把外婆叫到窗前，把她骄傲地指给女孩看，并在第一时间，也许就是水台边那次，在她喝完水之后，对她说：你比我外婆还美，但我外婆，你也看到了，比你奶奶美得多。

十

弟弟比我小两岁，但比我灵活手巧，多亏了他，不知从哪找来两个硬纸筒，涂上黑色，里面正好装下外婆的两根毛衣扦子，每一根都牢牢嵌在木柄上，那灰白色，阳光下看起来像银的。我俩之间比试了一下，看看是否适合决斗，还真是棒极了。不过，在完工时，我要求弟弟把未来属于莱洛的那把剑锉钝，同时把我那把锉锋利点，弟弟悉数照办。

随后，我与玩伴展开了艰苦的谈判，他不太相信我。

"你会带手杖？"

"我会带两根。"

"我不信。"

"明天等着瞧吧。"

"我明天很忙。"

"那就后天。"

"我不知道。"

"你吓出屎了吗？"

"你才吓出屎了呢。"

"你脸色苍白，你怕死。"

"我才不在乎死。"

"我倒要看看。"

"即使我死了，我也会娶米兰女孩。"

"死了就不能结婚了。"

"走着瞧。"

"走着瞧什么？不能就是不能。"

莱洛坚持自己的婚姻计划，即使被杀也不会靠边站，这让我很不爽。我说了这样一句才把他的斗志给挑起来：

"你不会打。"

"我打得好着呢。"

"划个黑十字 ①，我再也不和你玩了。"

我准备走开，他跟了过来。

"好吧，明天下午四点。"

"没戏，不会打的人，我和他比个什么劲。"

"我比你会打。"

"那我们挑明了：如果你死了，米兰女孩就嫁给我。"

"好，带上手杖啊。"

我之前已经说过，必须在死人沟那里见面，弟弟也会跟着我，因为他无论如何都要亲自带上他亲手制作的武器。可就在我俩溜出家门那一刻，发生了点意外。我瞥了一眼窗外，看到女孩正在阳台上做她很久都没做的事：跳舞。我犹豫不决，该怎么办？是回避决斗，被打上胆小鬼的烙印，同时目光一刻也不离开她，让她知道自己是我全部思绪的中心？还是依着我心中的那股迫切驱动，跑去决斗，

---

① 那不勒斯方言，划个黑十字，意思是庄严发誓断绝关系。

44

把她一个人留在那里？那个被人忽视的小身影，郁郁寡欢，甚至会不开心地爬上栏杆条，在深渊边上危险地跳舞。

在那长长的一分钟里，爱情和暴力在我身上燃烧。女孩跳着舞，她的每一次足尖旋转都在挽留我，同时也在催促我立刻跑向死人沟，在与莱洛的生死对决中——对手想要玷污米兰女孩的清白——试验一下我弟研制的武器。今天，我的孙子们在激烈至极的虚拟游戏中杀人和被杀。而我那时候，孩子们在家中、大街上、中庭里，在或现实或虚构的危险混乱中玩着杀人和被杀的游戏。那时候，走错一个门洞，误入一条小巷，都可能遇到一只手，拿着真武器。我看着阳光下的女孩，她的动作不仅优雅，而且甜美，甜美到我想有一条长长的胳膊，把指尖伸向她，然后再抽回来舔，就像刚摸过棉花糖似的。我突然有了主意，似乎能两全其美：为什么要在花坛里、死人沟盖板前决斗？为什么不在街上、在米兰女孩阳台下，经过长时间对决最终杀死莱洛？

我和弟弟赶去赴约。莱洛已经在死人沟旁等得不耐烦了。

"手杖在哪里？"

"我们带了两根，所以这将是一场公平的决斗。"

我弟给他看了手杖。莱洛仔细看了看，失望地抗议，说这不是他期待的。弟弟很生气，对他说："狗娘养的，好好看看，什么手杖能比得上这两根。"然后给他演示如何拔剑、剑柄做工多细、剑刃有多真。莱洛张口结舌，不得不承认自己没见过这么好的。我赶忙说：

"我还有急事，如果你不想决斗了，我就去和别人决斗。"

"好吧，那我们开始吧。"

"这里不行。"

"那在哪里？"

"去米兰女孩阳台下。"

"你想死在那里？"

"是的。"

"那走吧。"

我们走出楼，跑到广场上，右转，然后再右转。多么美好的一个下午。我们气喘吁吁地到了那里，莱洛大叫，想吸引女孩的注意，我在他身后几米远处，喊得比他还大声，弟弟——他一直拿着武器，防止我们给弄坏了——紧跟着我，一言不发。我诚惶诚恐，她会探头看么，还是不会，我希望她会看，也许莱洛也是这样想的。弟弟把手杖发给我们两个人。莱洛拔出了他的剑，摆出了大剑客的架势。我也抽出了剑，主要是确认一下的确是那把开刃的。我很高兴，的确是那把，弟弟总是非常可靠。可当我看到女孩的时候，就更高兴了，她就在三楼阳台石护栏那里，先露出了脸，然后是肩膀，甚至还加上了上半身。当然，尽管她是女孩，但也不拿危险当回事。也不知道她爬到了什么东西上，现在，探出身来，看我到底在做什么，我根本没去想她可能会对莱洛做的事感兴趣。她那么耀眼夺目，一束光照在她头上，反光有如火焰。还没等到我和莱洛之间行决斗者之礼——放到往常这可是我俩相当熟练的——我就已经向他发动了进攻。我不想让他注意到她，不想让他看她，所以才这样。决斗就从这无礼行为开始了。

在我的记忆里，在最初叙述中，在那个被我们称为回忆或追忆、最令人激动也最具欺骗性的场所里，那是一场漫长的对决。事实上，我不知道，可能持续时间的确挺长的，至少足够让我和莱洛把自己想象成罗宾汉、国王的火枪手，只为王后、公主、任何女性而战的法兰西圣骑士，女人们似乎是秘密的宝藏，任何人都别想活着从我们手中抢走。我觉得自己一直都在喊，模仿击剑手的话语，它们来自当宪兵的姨姥爷送给我的一本旧书。连续进攻，我一边行动一边大声评论，直刺，侧身反攻，击中，反冲。所有这些词和现实一点关系都没有。我从未进行过决斗，一点击剑都没有学过，一生中压根没有做过与击剑有关的任何事，全都是空话而已。但是，我注意到女孩即将做点什么，她正在往栏杆条上爬，正在抬脚。她显然是看我们看腻了，想要得到一些关注。我一边击剑，一边盯着她，但现在我不喊了，只是在想：如果她摔下来，我就跑过去把她接在怀里。然而，就在她迈出第一个舞步时，我意识到自己在打空气，莱洛的剑已经不见了。他暂时垂下了

47

剑——剑尖碰到了人行道——目不转睛地看着米兰女孩，所以侧身如此愚蠢地展露在我的剑锋之下。我愤怒地想：他对女孩的爱比我还深。就在那一刻。胖女人冲了出来，抓住女孩，尖叫着："你想要害死我吗，你想要害死我吗？"然后一边尖叫，一边把她拖进了屋里。我外婆也在窗口大喊："谁允许你下去了，快回来。"嫉妒之下，我刺向莱洛，毛衣扦子扎进了他的胳膊。

十一

就在那段时期，我甚至把血——尤其是别人的血——也视作一种虚构的东西，所以我没有害怕，没有哭。莱洛则尖叫起来，泪流满面。我弟被吓坏了，收起剑就回家了。我留在原地，仔细查看敌人的伤口，而他则用那不勒斯话大喊："狗娘养的，你看你把我搞成什么样了。"我反问道："那你对我又是怎样？"然后提醒他，有一次他用自行车刮伤了我的脚脖子，而我什么也没说，甚至都没喘气，镇定地走到水台边去冲洗自己。"来，"我对他说，"别哭，我给你冲洗，哭就不是男人。"莱洛为了让我知道他是个男人而不是女的，强忍住眼泪，和我一起来到水台边，把胳膊放在水柱下。可当他看到伤口时，又哭了起来。我也有些坚持不住了，把他留在那里，回家了。

麻烦接踵而至，没必要细讲。只消说，我不得不面对我父母、莱洛的父母、莱洛的哥哥，他比我还大，两天后他朝我扔石头，给了我一拳，踢了我几脚。只有外婆站在我这边，甚至试图暗示我弟才该受责备，是他偷了铁扦子，做成了剑，把我引入歧途。我告诉她：就连外公以前也决斗过，是我打得不好，这很正常。听我这么说，外婆才有些不高兴。她嘀咕道："他从来没有决斗过。"然后很长一段时间没有说话，到底多久，我不记得了。

无论如何，我很快就忘了这一切。莱洛也忘了，我们很快就又开心地成了对手。是他告诉我，米兰女孩离开了，他说是去别墅度假了，但夏末时分会回来，我们可以再次为她互相残杀。

他还带我去看一沓纸，都是我之前塞到邮筒里的，整整齐齐地排列着，用一块石头压在矮墙上。邮递员读过之后，不仅四处留下了几个带感叹号的"真棒"，而且还纠正了其中的拼写错误。

"你不会用意大利语写句子。"莱洛满意地说。

"我写得可比你好。"

"不，你有拼写错误，我没有。"

"我的错误很少。"

"我根本没有错。"

"骗子。"

"你想试试么？骗子是怎么拼写的？"

"骗子？"

"是的。"

"B-u-c-i-a-r-d-o。"

"错了。那里不是一个 c，而是一个 g。"

"谁说的？"

"词典。你会作诗，但你不会写字。"

我拿起那些纸页，有些沮丧。首先，我从未见过词典，我家没有；其次，我再也不能指望邮筒的魔力了，事实上，它只不过是一个亮红色的铁箱，和世界上许多其他东西一样毫无魔力；再次，我写给米兰女孩的那条信息显然从未到达目的地。于是，我决定，等她别墅度假归来时，我会克服将我们分开的所有障碍，亲自把我之前之后写的诗交到她手里。在此期间，我投入了一系列活动，好让夏天过得更快：与莱洛交战，阅读他借给我的那一大堆漫画书；练习撑着铁栏杆翻跟头；收集各种树叶，研究它们活着时如何美丽紧致，之后褪色变形、最后干巴巴的，像脏了的纸，一碰就碎。

但最重要的是，我研究了外婆。看过照片里的她之后，我觉得情况已经很明显了，拿着带剑手杖的年轻人只要看她一眼，就立刻会被爱情征服，就像我看到米兰女孩时那样。我那时想，毫无疑问，如果照片中的外婆从棕色纸壳上走下来，出现在厨房里，我会立刻爱上她。而且我很清楚，我一定能得到她的同意，然后和她结婚，手持武器与她合影。但那个外婆和我现在这个外婆之间有什么关系？

什么关系都没有。曾经有一两次，我让她发誓，说照片上的人的确是她。可是，即使她发誓了，我也看不出两者之间有什么关系，不过，我排除了她发假誓的可能性，至少对我来说是这样。当然，看到她的变化，我产生了许多疑问。我也有我母亲的照片，照片上表现一般的她，现实中却很美。这到底是怎么回事呢？我母亲之后是否也会像外婆一样，经历如此可怕的变化？那米兰女孩呢？这个谜题可太糟糕了——有的时候，我一边研究叶子，一边这样想，很明显，答案与死亡有关。我那美丽的外婆为了爱，和年轻的丈夫一起离开了，去了死人沟，在黑羽天使监督下劳作。她在家里留下了——我猜测——一个丑陋的外婆，就像我从树上和灌木丛里拔下的叶子一样，干枯了，碎裂了。所以，有时候，当我在心里把自己扮演成伟大诗人俄耳甫斯去救欧律狄刻的时候，当我在中庭里、沟旁边的那个秘密角落徘徊时，我想，如果那真的就是死人沟的盖板，如果我真的能打碎锁栓，也许我就能从地狱里救回照片上的外婆，也许还能救回年轻的外公，然后，作为交换，再把家里这个勤奋劳作的外婆交给天使，她更适合在黑暗里干活。

那个夏天，我经常试着把莱洛拉进那个游戏，但没有成功。我想让他扮演挚友这个角色，当挚友死后，我不得不去和黑天使战斗，在他被虫子吞噬之前把他救回来。但是，手臂受重伤之后，他突然长大了许多，越来越不相信

51

那些虚构的东西了。于是连我也不知道是不是该完全相信那些了，即使私下里一个人玩的时候，我也无法像过去那样投入，我感到有些厌烦，有些羞愧。七八月间，我设法把他拖到死人沟那里去，但只成功了两次。第一次我们玩得很好，但第二次，一方面由于我非要讲黑羽天使的故事，另一方面在于我想把地下传来的声音当作我外公的喊叫，说他在叫我下去把他放出来，看到这种情况，莱洛说："你真傻。"然后就跑了。

夏天结束了，我感到很孤独，每当我看着米兰女孩那个依然空荡荡的阳台时，我想，莱洛可能是对的，我很傻。外婆面露心疼，也许她也是这样想的，因为从几天前起，她就不再鼓励我了，如果她看到我在窗前，就会变得比平时更阴沉，与我母亲交换担心的目光，而我母亲又会担心地对我说："我给你买了《泰克斯》和《小警长》，去读吧，去啊。"我读《泰克斯》和《小警长》的时候，每当看到梳辫子的丽兹和没梳辫子的弗洛西，就会回到窗前。

九月初，我遇到莱洛，立刻就问他：

"这个别墅度假什么时候结束？"

"什么别墅度假？"

"米兰女孩的别墅度假。"

"你还在想米兰女孩的事吗？"

"你不想了么？"

"我不相信，你竟然什么都不知道。"

"我需要知道什么。"

"海上有巨浪，米兰女孩淹死了。"

我反应剧烈。腿似乎消失了，似乎离我远去了，只剩下躯干和头。那是前所未有的体验。我的视线变得模糊，胃感到不舒服，就像是在盘子里看到一点香芹，但又觉得像是死苍蝇。我晕倒了，先倒在莱洛身上，然后倒在地上。

朋友把我拉起来，但他没有害怕，他有个姐姐，经常晕倒。他说：

"男人不会晕倒的，你是女的。"

十二

我不记得当时是否有很多关于米兰女孩之死的传言，我只记得莱洛的话，关于这个问题，之前和之后我都没有记忆。有时，我会听到她用那种美丽的语言喊出简短和谐的句子，于是我就会走到窗前，但在那里，三楼，一个人也没有。开始下雨了，我现在还能记得那场雨，我一直很喜欢它。雨落在积满尘土的阳台地板上，风带走了白色、红色、粉色的小花瓣。水从栏杆条上汩汩而下，顺着人行道，拖着树叶和废纸流进下水道。外婆那条晒衣绳上形成的水滴尤其让我神魂颠倒。我直直地看，看它们排列得如此整齐，然后等它们慢慢掉落，直到最后一刻还在用湿手紧紧握住绳子。

之前我曾计划过，万一女孩死了，我就前往地下世界把她救回来。可那时，这件事彻底淡出了我的脑海。不是因为忽视或麻木，而是因为身体不好。莱洛告诉我这件事之后，我晕倒了，然后就开始了一连串的发烧，外婆说这是在长身体 [①]。时至今日，我还记得那些噩梦，在梦里，我完美地挥舞着外公的剑，屠杀黑羽天使。烧到神志不清的时候，我经常欣喜若狂地看着水台边的米兰女孩，但突然之间，她喝的水变成了一片汪洋，暴风雨来临，沙尘漫天，黄色巨浪翻滚。当我发现她变得像某些云一样薄时，我会特别激动。只要看到她那样，我自己也会变薄，薄到透明，这让我感到非常害怕。

那些长身体的发烧缠了我好几个月：病好了，回到学校，不舒服，而且我总是觉得紧张，无法集中注意力。在这种状态下，我偶尔往阳台上看一眼，总是会发现少了点什么东西：旧的水果箱、扫地和洗衣用具、一件黄不溜秋的家具。从某个角度说，这个曾经满是优雅举止和舞步的空间，尽管没有盖板，也要比死人沟黑暗、可怖得多。慢慢地，中庭里那块石板不再引起旧有的惶恐。上一次我为了探查而经过那里时，有东西从底下冲向盖板。非常猛烈的冲击，链条和锁栓都震了起来，但我甚至没有想逃的感觉。我等着，看是否还会发生什么。什么也没发生，于是

---

① 那不勒斯老人家遇到小孩子不知名的发烧，就会说这是"长身体的发烧"，因为病好之后身高经常会多一点点。

我就回家了。

之后又过了很长很长一段时间。有一天我想起了外婆床下的匣子，另一天我不仅想起了外公的手杖，还想起了他的衣服、短领带、衬衫、口袋里的手帕，再一天，在没有明显关联的情况下，我又开始仔细思索阳光下米兰女孩的白裙子，还有她喝水时我注意到的那条细项链。

有一次，我要求外婆把她保存的属于丈夫的一切都拿来给我看。发烧让我长高了太多，外婆似乎都有些担心了，她说我会长到天花板，正因为如此，她没有拒绝，立刻拿来给我看每一样东西。我发现她那个匣子里也没什么值得纪念的东西，只有她姐妹们的老照片，一些我不感兴趣的证件，还有她与丈夫唯一那张棕色合影里的领带扣，甚至不是金子做的。我问她，外公的东西哪里去了："他的长裤、夹克、衬衫、鞋子、袜子、内裤、泥瓦匠工具、手杖，都哪里去了？"她很困惑，觉得我在为一个她和我都不清楚的错误而责备她。她脸色发白，没有回答。那些东西曾经包裹着她丈夫，从某种意义上说，在他走入死人沟去承受云、雨、风之前，正是那些东西把他留在她身边的，可她却毫不在意，这点让我愤怒不已。"你把它们扔掉了吗？"我越问越狠，"你把它们送人了吗，你把它们卖了吗？"时至今日，我已经知道，那一次我给她带去了很大的痛苦，但当时我对此毫不在意，在很长一段时间里我的怒火都没有消退。我想到了女孩的阳台、洋娃娃、小皮鞋和凉鞋、外套和套头衫、梳辫子的丝带，所有这些东西都失去了主人，或者说，不再被碰触，不再有气味，这样，它们最终都会被送掉的。

我决定，在余生中，即使长高导致衣服变小，我也坚决不再买任何东西。夹克衫在肩膀处越来越紧，袖子也越来越短，但我根本不在乎，所有东西终归会变得破旧，直至破碎。啊，是啊，如果某一天离开家去做泥瓦匠就会摔死，如果某个夏天去别墅度假就会淹死，那洗漱、梳理、穿戴整齐还有什么意义。我想一辈子虚度光阴，我也越来越讨厌外婆，她忽视了弟弟们，处处偏袒我。她和我父母说话，但又不像在和他们说话："这小子不能这样去学校。"她想让他们给我买新鞋，或者带我去理发店，因为我的头发太多、太长了。我父母假装没有听到，钱不多，我的一切越来越破旧，但我却毫无问题地享受着。我想把自己的身体也扯开、刮碎。

十三

我认为，我还故意毁掉了好学生的名声。中学时，我开始为自己在学校表现不好而自豪。我喜欢与贝纳戈斯蒂老师的高瞻远瞩逆着干，他那个预测太不准了。谁知道还要等多久那预言才能实现，那个等待我去完成的壮举越来越模糊了。不知不觉中，我的兴趣从当骑士转到了南北极探险，之后又开始考虑是否有可能当个传教士，把自己奉献给这个世界上的弃儿。我受够了，我无法把这些事泡在酒里保存起来，我害怕，机会恐怕永远都不会真的出现。

在此期间，阳台上已经住上了其他房客，全都是男孩，让人了无兴趣。好在后来没多久我们就搬了家，窗外的风景也随之改变。新的凝视习惯接踵而至，我经常陷入爱情。不过，无论做什么，无论是和朋友们在一起，还是在学习，或者假日里在城中散步，我都不修边幅。爱情让我燃烧，但很快我就会忘记。很多时候，只是为了写诗和写故事。

事实上，冥冥之中，我觉得唯有写作可以超越死亡，而不必在身后白白浪费。面对必将把我拖至毁灭深渊的失败和失望，必须赶在那一刻之前离开人世，这就是我通过小诗和短故事来表达的主要内容。效果通常不尽如人意，所以，在我看来，很好。我把那些纸页放在一个金属盒子里，再模仿外婆的样子，把它藏在床底。我担心父亲会去读，会发现我作为诗人和叙事作家的致命缺点，也就是我的拼写、语法、句法错误，然后羞辱我。

那些年，我就是这样度过的。这样写一句"那些年就是这样度过的"，会让人觉得似乎在抄近道，可实际上事情就是这样：那些年我是在一个紧窄单调的方块中度过的，我做的、想的总是那几件事，至少我这么觉得。总而言之，重要的事只有那么一两件。十六岁的时候，我和意大利语课老师吵了一架，起因是一篇作文，他在里面用蓝色的笔标注了"点撑"这个词。在口试中因为意大利语不好而窘迫，这没什么，但是，既然我已经知道自己缺陷在哪里了，可他人还揪着那点小错不放，以至于忘记了整体和谐感，这种事真让我无法忍受。我对自己的拼写有信心，至少那一次我觉得有信心，所以，我走去找老师理论：

"您为什么给我这里标了蓝色?"

"您不明白?"

"不明白。"

"大声读一段。"

在那篇文章中，我用虚构的方式讲述了地狱的第一圈，我读道：

"艳阳散落在点撑花朵的草地上，伟人的灵魂们在那里机智对谈。"

学霸们已经开始窃笑了。老师问道：

"点撑花朵?"

"是的。"

"您知道'点撑'是什么意思吗?"

"布满小点。"

学霸们笑出了声。

"我亲爱的朋友，表达那个意思的是'点缀'。'点撑'的话，用的就不是小点了，而是木杆子。"

我痛苦至极。在化学课上犯傻，对我来说无所谓，可当我写作时，我希望至少能够得到一点赞美。更不用说，这一次可是关于但丁的作文，而我早已——万一我无法完成伟大的实际行动、只能委身文学的话——把这位作家当成了自己的榜样。我必须提高自己的词汇量，在类似丢脸之后我向自己一再保证，尤其要拥有一些不同寻常的文学思想。

第二年，阅读《炼狱篇》的时候，我就想到了一条。这个想法的关键点是外婆，虽然我俩之间的关系已经发生了一些变化。当然，她依然不厌其烦地在食物分配上偏袒我；当然，她总是在为我的健康忧心忡忡；当然，她总是想办法确保我在家中享受到的便利比我父亲还多。但似乎从十二三岁起，我就奇迹般地变得比她还老，此外，在面对我的时候，她也有了一种拘谨感。她理所当然地认为我会把她说的都当成蠢话，于是不再向我讲述自己的感受和幻想。在过分疼爱之上，她又平添了一种洋洋自得的自卑，似乎她很喜欢在我面前感到一无是处，因此心甘情愿地向我授予指挥她做任何事的权力，如果我父亲让我痛苦，那派她杀了他也未尝不可。所以，一天下午，我去找她，她正坐在窗边出神——她越来越矮了，而我那时已经很高，我半开玩笑半认真地问她：

"你疼我吗？"

过去她经常问我这个问题，而我从来没有这样问过她。这个新情况让她担心，她对我说：

"疼。"

"真的吗?"

"真的。"

"那就发誓,等你死了以后,如果看到死后还存在着什么东西,就来一五一十地告诉我。"

她脸色发白,一定是觉得我给她的命令太难执行了。她说:

"如果他们不让我来呢?"

我们说了好一会儿,最后她答应了。但让她做出承诺可真不容易:圣徒、圣母、耶稣、上帝,对她来说都是真正的实体,她虔诚求助于他们,她不愿意破坏这种关系。而我已经倾向于不信神,在略带调侃的语气背后,我想搞清楚尘世与超自然的世界。如果外婆去世后从死后世界回来,对地狱、炼狱、天堂做出一番丰富描述,那我一定会做出相应调整,说不定还会出家当修士。可另一方面,如果她——尽管还是有点犹豫吧,但为了满足我的要求,她甚至同意违抗上帝——压根没有发出过一点信号,那我就能推断,死后不存在任何东西,一切都注定生成并逐渐消解,米兰女孩也不例外,那个时候,关于她我已经几乎记不起来什么了。当然,无论是外婆带回了有关死后世界的丰富一手材料,还是她永保沉默、向我证实了死后的空无,我都希望自己能写出一个令人难忘的故事,我希望把她、把米兰女孩当作早已褪色的幽灵加进去。

60

十四

在玩笑和沉重中获得承诺之后，我立刻就把所有宗教和死亡问题放到了一边。我投入学习，投入与人类其他领域有关的文学试炼，投入夜游，完全不考虑我那可怜的外婆知道我不在家、不在床上就睡不着这件事。然后，我拿到了高中毕业证书，踏上了大学之路。那是一个神秘的地方，我的祖先们从来没有任何人上过大学，甚至没有偶然走进去过。

起初我浪费了一些时间，不知道该注册哪个院系。一开始我考虑工程学，为了取悦父亲，因为他希望我成为一名铁路工程师。然后我又想到了数学，因为我刚认识了一个学数学的女孩，和她成了情侣，我不想让自己看起来不如她聪明。最后，我选择了文学，在我看来，这是在短时间内成为地球上最伟大作家的捷径。

为此，我没日没夜地读着从路边摊买来的旧书，几本古代作家的作品，一些十八和十九世纪之间的长中短篇小说，还有不少祖国文学巨匠的作品，从吉多·卡瓦尔康蒂到贾科莫·莱奥帕尔迪。我很乐意把注意力转移到更近代的内容上，但我没钱买刚出版的当代文学，所以我几乎没有跨出过十九世纪，进展得也还不错。为上学而读书总是让我烦心——日期、脚注、作业、成绩——但读书时只为读书，停下来只是因为有冲动，想要自己写点诗歌、唱词、颂词、《十日谈》式的故事，在我看来这倒也是不错的人生计划。一有机会，我就练习，想用强有力的话语在未来读者中唤醒对强权的反抗、对弃儿的善心，必要时开点玩笑，激励他们为意大利和世界奉献生命。

但这种情况并没有持续多久。事实证明，大学也许比初高中还糟糕，对阅读写作相结合持敌对态度，我不得不接受，去参加考试，回到背诵生平与作品的生活，用优美的意大利语大声背诵各种历史和地理教科书。我在走廊里、在教室里疲于奔命，在一大群同样两眼茫然、恐怕也同样眼高手低的学生中，努力搞清楚下一步要做什么。教授的等级制度、课程规划、书籍和讲义的费用、时间表、出勤签名表、从秘书处或看门人那里获取信息有多难，关于这些我一无所知。所以，我准备走一步看一步。起初，我计划立刻参加拉丁文、意大利文、古希腊文等考试，这些都是我中学时已经熟悉的科目。但那些都是人挤人的课，听不到多少东西，书也是大部头，价格贵。于是我转向了其他科目——纸莎草学、历史语言学——优点在于书本较薄且价格不贵。

此外，把我推到这个方向上的，还有另一件事。"纸莎草学"和"历史语言学"这两个词，我此前从来没有听人说过，不是说在家里，而是说连在学校都没有听说过。我觉得，学会了这两个学科，就能在朋友、亲戚、新女朋友面前炫耀一番，表明我是多么的有文化修养。

"你准备什么科目的考试呢?"

"纸莎草学。"

"啊。"

"是的。"

"还要准备考什么?"

"历史语言学。"

"啊。"

"是的。"

总之,我努力显出一副懂得如何长远计划的样子。可实际上,我什么规划都没有,脑子里只有胡思乱想,今天觉得上道了,明天又会怀疑。也许我不适合学习。也许我不知道应该如何学习,学不进什么,也写不出令人兴奋的东西。也许我永远无法获得荣耀,只能衣衫褴褛、蓬头垢面,像沙皇俄国时期的学生一样,靠着给比我还无知的孩子们上课来拼命挣钱买大学书本。总之,我生活在焦虑中,我经常觉得自己完全靠指甲挂在玻璃墙上,即将向下滑,落入黑暗的泥潭,发出令人难以忍受的尖叫。

但我很小心,瞒着别人,甚至瞒着我的女朋友。在每个人面前,尤其在她面前,我会用一种总是饶有兴味的语调。早在十五岁左右我就开始这样说话了,上大学时,这已经成了我表达自己的唯一方式,有些人甚至觉得和我在一起很舒服,她当然也是如此。然而,无论哪一天,我都想走进一条孤零零的小街,毫无来由地,比我小时候还绝望地，对着空气拳打脚踢，甚至放声大哭，哪怕一分钟也好。合适的小街我已经找到了——它在火车站旁边，有时我的确会去那里，但发泄情绪这事不适合我，我做不到。

十五

只有面对一个人的时候，我才会表现出自己的紧张或忍无可忍，也只有这个人，能不在乎我的忘恩负义、继续每天鼓励我，在那片划定的空间里——厨房、水槽、灶台、窗户——纯粹简单地生活，从不动摇地坚信我一定能成大器，当然，这个人就是我外婆。我入读大学后，她在我面前也拘谨了好多倍，同时以各种各样的方式表示对我的崇拜。起床就给我端来咖啡，在床边站着看我，一言不发，等着我把杯子还给她。但凡张口说话，也只是赞美我，赞美我言行举止的奇妙。有一次，我把新女朋友带回家，就几分钟时间，没有任何人——父母、弟弟们——发表任何意见，仿佛我的情感生活是春天的普通毛毛雨。只有她——就像房里的一件家具，所以我没有向她介绍女孩——低声说："你们两个真美啊。"

她很少去家外的那个世界。只有那么一次，从外面回来之后，她多说了几句话，似乎又回到了我小时候那样。通常，她出门不是买东西，就是去墓园照看丈夫的坟墓。

在这两个场合，她都会穿一件深色的衣服——这是她唯一一件像样的衣服，此外还要穿上精细修补的内衣，万一死在街上也不会落个狼狈。一般来说都不会发生什么大事，回来之后她会有点累，情绪不好。但那一次，她再次走入家门时精力充沛、兴高采烈，立即把我拉到一边，告诉我说，她去了墓园，不但给外公的棺材隔间买了盏普通祭灯，还买了一块木板，上面有两个灯泡，这样，庆祝复活节的时候，他就能多一点光了。巧了，卖灯的年轻人一看到她，就感叹道："夫人，真叫人高兴呀，您还记得我吗？"然后他做了自我介绍：不是别人，正是我的儿时玩伴，莱洛。一番问候、亲吻之后，莱洛还给她打了个折扣。告别时，他在纸片上写下了自己的电话号码，叮嘱让我联系他。

外婆负责地把小纸片递给我，但我却发现，她对我那个玩伴从来没有好感。不要给他打电话，她建议我。据她说，莱洛小时候还不错，说意大利语，全街区都觉得他很帅。但与我相比，他丑极了，而且心眼坏，那时他有一辆自行车，而我没有，于是他就利用这件事让我吃苦头。我不记得曾经因为莱洛的自行车而吃过什么苦头，我这样告诉她。但很明显，在我没有意识到的情况下，她替我受了苦。她尤其无法忍受的是那个孩子总跟着我。她说："你的朋友认为自己比你强，但天父是公平的，那段时间已经过去了，看看他现在变成了什么样？"莱洛什么都不是，正是这件事让她心情大好：我的童年玩伴在墓园当电工，而我则在读大学。她坚持说："不要给他打电话，那个狗娘养的。"

我觉得她说的有道理，不过，不是出于傲慢，也不是因为我纵容她那恶意找补的想法——虽然说到底我自己也有一点点挥之不去的满足感，而是因为，就在她念出莱洛那个名字的那一刻，米兰女孩，在消失了近十年之后，又重新出现了。那身影持续了一刻、两刻，我看到她在阳台上，在水台边。恐怕已经没人还能记得如此详细，她那终有一死的生命早就被我抛到脑后，可就在那一刻，她又突然死而复生了。哦，我知道，如今，"终有一死的生命"这个说法早就没人用了，原因显而易见。它让人想起毒药瓶上的骷髅头和两根胫骨，它暗示毒药就是生命本身，最重要的是，如果坚持这个说法，就必须去相信它的对立面：永垂不朽的生命。可是，如今，谁还真的相信永垂不朽？既然信的人已经不多，那"生命"和"终有一死"之间的联系也就淡了，这个形容词对大多数人来说——包括对我来说——显得满是恶意，或者，只是冗词赘句。不过，在那个时候——那是一九六二年吗？——谈到女孩那终有一死的生命，对我来说似乎是一件很平常的事，而米兰女孩——几乎是一阵热风过后说不清道不明的颤抖——也立刻活了过来。

就这样，我让她停留在脑海里，一个小时，一天，两天，但她却无法安定下来。举个例子，当我看到街上那些女孩的时候，尤其看到十八岁上下的女孩时，我就会想：如果她还活着，如果她也长大了，会变成这样吗？但这只会持续几秒钟，然后，那些具体的、充满生命力的身体就会立刻赶走她的身体，太短暂了。我记得，一天晚上，当我即将入睡时，发生了大概这样一件事。我看到了她，但完全不是任何真实或虚构年轻女子的模样。她坐在我床上，是女孩与成年女人的混杂，她用一种我听不懂的语言对我说话，也许是英语，但发音标准，不是我私底下纠结多时才能说得出来的那种带着意大利味那不勒斯腔的英语。我非常仔细地听着，什么都没听懂，在睡梦中失去了她。

　　这就是说，她回来了，就像再次出现的路标一样，那些三角形的标志，正当你放松驾驶时，它在大脑里猛地一推，提前告诉你会有一个危险的急转弯、游荡的动物、无人看守的铁路道口，而你呢，注意了一会儿，然后就忘记了，不再去想了。因此，如果我说我之所以扔掉了莱洛的电话号码，是为了把米兰女孩重新丢入死亡，那我就是在撒谎。我相信，原因更宽泛。我当时一定在想，就算我给他打电话，也不知道和他说些什么，也就是些关于儿时旧事的闲聊而已。十九岁时，我还没有任何意愿去回忆童年，甚至想一想童年都会让我感到羞愧，回忆青春期的事也会给我同样的感觉。我确信，自己在人生那些阶段既无知又可笑，所以没有什么可以去回忆和感动的。说真心话，我更愿意十七岁左右再来到这个世界，避免前十六年的犯傻。

十六

无论如何，对我来说，即使是过去这两年，生活也是模糊的，总是处于倒退的边缘。我觉得自己需要一些支撑才不会被吓倒。所以，总体看来，外婆倒也适合我。她仔细倾听我每句话、体察我情绪，她就像鱼肝油，闻起来臭，但对身体有好处。每当我出门时，她都会小心翼翼地问我三个问题。第一个是：

"你去哪里？"

我不耐烦地回答：

"去大学。"

第二个是：

"回来吃午饭么？"

我更不耐烦了，答道：

"不，我傍晚回来，或者晚上，我不晓得。"

第三个问题——三个里最谦卑的一个，几乎耳语般：

"你去学什么？"

我的回答让她一愣：

"纸莎草学。"

我趁势立刻穿过门口，大跨步下楼，走过熙熙攘攘的加里波第广场，稳步经由直街来到大学，一直走进纸莎草学的教室。

上课的人很少，但教授却从来不对着我们说话。我记得，他总是背对着，一心向自己面前的那块长方形大黑板传授知识，一边说着，一边黑底白字地写着有关赫库兰尼姆莎草纸 ① 的信息。

讲课水平固然很高，但我还是那样，经常走神。一天上午，他正在详谈考古发掘获得的莎草纸卷在展开时遇到的困难，而我则转念去想维苏威火山带来的危险，想各种火山爆发，还有火山气体、煤矿瓦斯、火山碎屑流这些词。在我的想象里，那座极为熟悉的火山，掩映在葡萄藤下，颜色似乎是粉彩笔画出来的；饱喝当地葡萄酒的萨堤洛斯们 ② 舞得正欢。突然间，火山释放出地狱和死亡的气息，整个城市，连带着那傲慢的政治体制、各式各样的生灵，都将窒息、燃烧、熔化；碰巧，绝对是碰巧，一些莎草纸炭化了，被封在熔岩壳里，只有写在上面的文字——只是一些无声的文字，它们来自死去多时的伊壁鸠鲁派哲学家，杰出的伽达拉的菲罗得摩斯 ③，他那些死去的符号写在了另

---

① 公元七十九年，那不勒斯附近的维苏威火山爆发，庞贝及其他一些城市被火山灰掩埋，赫库兰尼姆也是其中之一。考古学家在城外一座别墅中找到了一千七百余卷莎草纸，记录了古罗马、古希腊许多经典著作。该别墅也因此得名为莎草纸别墅。

② 古希腊神话中的生灵，虽然像人，但长着羊的耳朵和角，下半身有尾巴和羊蹄。嗜酒。

③ 公元前一世纪的古希腊哲学家。公元前七十五年曾造访赫库兰尼姆，住在莎草纸别墅。对该别墅进行考古发掘时，发现了他的许多作品残篇。

一种死去的事物上，那曾经长在沼泽里的根茎类绿色植物，尸体变成了埃及莎草纸——只有它们留了下来，即使燃烧了，即使炭化了，也依然在数个世纪里耐心等待着，等着被阅读，甚至等着再次成为声音，今天，明天，永远。

正是在那些神游时刻，米兰女孩又回来了，试图在我的生活中为自己挖出一个更稳定的位置。我不知道那是如何发生的。也许是因为维苏威火山那毁灭者的形象；也许是因为我想到，在我们这个星球上，不断有个人死亡和集体灭绝，这些事情令人无法忍受，就连神灵都对之前的纵容感到后悔；也许只是因为我脑子里装满了文学套路，想找个机会好好用用。无论如何，米兰女孩这次冲了出来，比莱洛之前第一次提到这个名字时还要强力。课后，我的女朋友正在走廊里等着我，所以，我没有隐瞒，给她讲了那个不幸且痛苦的故事。

我把一切都告诉了她，连我自己都惊讶，如何能记起这么多事：栏杆条上的舞蹈、雨、白色花瓣、决斗、神志不清时的臆想。在我俩那激动的意大利语中，我得出了这样的结论：关于那个女孩的一切，几乎都已经逝去，但今天，就在教授讲课时，我感到米兰女孩和她的声音在我脑海里保留了下来，就像一卷炭化的莎草纸，被一台机器——类似于十八世纪的自动机①——小心翼翼地展开，

---

① 以发条装置而非电力作为动力来源，能够自行运作的机器。

把那个激荡的初恋故事还给了我。

我那位科学理智的女朋友名叫尼娜，她的眼神，丰富多彩中带着温和。她一直听我说，没有插话，肯定是有点惊着了。此前，她一直觉得我是个有趣的年轻人，因为我那戏谑的语调、因为我那把一切变成轻歌剧的能力而爱上了我——我是这么想的。然而，在那场长篇大论之后，她一定意识到了，我有些两极化倾向，我几乎变成了另一个人，把维苏威火山、庞贝、赫库兰尼姆与米兰女孩混在一起，简直自导自演了一出低劣的《若望默示录》。她清醒过来，几乎有些激动地说：

"多么糟糕的经历。"

"是的。"

"你当时多大了？"

"九岁。"

"她呢？"

"八岁。"

"我亲爱的小可怜虫。"

"是啊，但那是很久以前的事了。"

"可它留下了印记。"

"也不算深，那时我还是个孩子，但的确留下了一点印记。"

言语交流大致就是这样的调子，温柔、关切。我们每天都在努力，想要成为一对年轻的新知情侣，懂得将情欲、

71

纸莎草学、历史语言学和一点点——只是一点点——代数混合起来。尼娜的背景和我一样，家里人此前最多也就上到小学。所以，在共同相处、互相吸引这件事上，我们两个都尝试开创出一种全然一新的方式，一种属于我们的、重思考、求真知的方式，在这方面，我本人会更激进一些。我们涉猎很广，会谈论书籍、电影、戏剧，有时也会讨论阶级斗争、美帝国主义、种族主义这些问题，以及即将到来的原子战争导致的人类灭亡。但这些话题都是正在探索的领域，我对它们的了解要比对纸莎草学和历史语言学的了解少许多，也许尼娜也是如此。所以，说着说着，我们就会开始更自如地讨论伴侣间的情感和问题。就在我给她讲米兰女孩故事的那段时期，我们主要探索的话题是忠诚。她主张绝对忠诚。

"我不能忍受背叛。"她曾经这样说，稍稍打破了她一贯的温和。

"我不太在乎忠诚，我只在乎诚实。"

"什么意思？"

"如果我喜欢上别人，我会告诉你。"

"背叛之前还是之后？"

"之前，否则哪里来的诚实？"

"我不同意。"

"你希望我之后再告诉你？"

"不是。你必须永远只喜欢我一个，否则我们最好

72

分手。"

但就算是这类谈话,迟早也会达到一个极限,我们不会超过去,于是我们就会放下不谈,有时也会重新去谈米兰女孩。事实上,也许尼娜真的对我感兴趣,或者只是为了让我高兴,无论如何,她会时不时地问我与那个创伤有关的问题。我很高兴。渐渐地,我注意到,我们谈得越多,女孩就越能恢复一点生气。有一次,女朋友问我:

"所以她总是一个人玩?"

"是的。"

"跳舞?"

"是的。"

"在栏杆条上?"

"是的。"

"她跳得好吗?"

"好。"

差不多就在这个时候,对话突然变味了。为了证明我对这件往事的重视,我有些夸张地说,我把米兰女孩当作女朋友的模子,之后所有的恋爱对象都是她的翻版,她就像那个基本款,没有米兰女孩,我恐怕都不会意识到自己爱上了尼娜。尼娜非常仔细地听着,嘀咕道:

"你说的话让我有点害怕。"

"哪个地方?"

"你把我和那个死去的女孩联系起来。"

73

"这是为了向你表明我有多爱你。"

"是的，但它仍然让我感到害怕。女孩被烧死了？"

"不，她是淹死的。"

"那与赫库兰尼姆和莎草纸有什么联系呢？"

"人生、摧毁、记忆。"

"我不认为把我与这种痛苦记忆联系在一起是件好事。"

"文学里充满了这样的例子。"

"文学里也有许多不幸情侣的故事。"

最后一句话给我敲响了警钟，我发誓，今后要尽可能避免回到这个话题上。我非常在意自己的形象，我希望自己是一个懂得如何减轻生存负担、可亲可爱的年轻人。所以我做了一些傻事，跳到空中用脚后跟鼓掌之类——她喜欢看我这样做，然后，我让她陪我去上历史语言学的课。

十七

那时我们已经养成了习惯。我经常去数学教室接她，她会在纸莎草学教室门口等我，经常和我一起走到救世主回廊 ①。那时，我爱她似乎超过了爱任何学科，因此，为了尽可能多花些时间与她相处，我上课几乎总是迟到。

历史语言学这门课不是很抢手，但上课的人也不少：

---

① 那不勒斯腓特烈二世大学多个科系设于此处。

如果去晚了，就只能在最后一排找到座位。其实，通常情况下，坐在后排或前排听课应该没什么区别，但教授——五十多岁，所以仍然处于壮年——话音微弱，他似乎已经决定了，只给前排的人讲课。他探向那些更忠诚的人，发出既模糊又温馨的、轻快的声音，满载历史语言学和词源学知识，却根本传不到我们这些来晚的人中间。事实上，十分钟后，我们就不再支着耳朵去听了。在课上，我们结识新朋友，交换地址和电话号码，组织舞会。

我偶尔会在第二或第三排获得一个座位，只有那几次，我才听到了一些东西。我意识到，教授对阿布鲁佐和莫利塞 ① 的地名特别感兴趣，尤其是那些由两个名词或名词加形容词组成的地名，如蒙特莱昂内和坎波巴索 ②。但我也了解到，语言是流动的，单独的声音及不同声音之间的关联影响方式有许多种，超出了字母表中二十一个符号 ③ 所能捕捉到的范围，所以越来越需要发明新的符号，例如，长得像 z 的字母，大写但更瘦的 S，倒过来的 e。这课比纸莎草学还厉害，单单这几点信息就够我神游一番。我大学第一年的笔记本就是证明，里面满是夸张的记录。对我来说，阿布鲁佐和莫利塞——这两个地方我都没有去过——变成

① 意大利中部两个大区的名字。
② 蒙特莱昂内（Monteleone）由两个名词组成：山（monte）和狮子（leone），意为"狮子山"。坎波巴索（Campobasso）由名词加形容词组成：空场地（campo）和巴苏斯的（Basso），意为"巴苏斯的空场地"。巴苏斯为人名。
③ 意大利语字母表只有二十一个字母。

了一个具象的地方，那里的岩石或光滑，或粗糙，或呈锯齿轮廓，春天时满是绿色，大片树叶和鲜花，冬天时横陈着或乌黑或黄不溜秋的干树枝。一条条灰蓝色的瀑布将大地切开，流经山间，流过谷底，有时消失在平坦的沼泽或黑暗的洞穴里，更多时候它们快速地翻滚着、夹带着白沫。所有这些都伴着鸟儿的各式鸣叫和人类的话语声。这些人，一群群地四处定居，尽可能选择有阳光的地方以便取暖，无论是山上，还是山谷里，无论是洞穴旁的空地上，还是小溪、河流、沟渠、运河、做藤编家具的落叶松、桃树、桃园、灌木丛中。复音位变换：streppi[1]。后来，当这些人相遇的时候，他们开始说，我在下游，我在上游，我在溪边，于是，从一个声音到另一个声音，从一代到另一代，他们的子孙后代一直生活到今天，他们住的那些地方就有了巢洞小谷、山沟阳面坡、鹅卵石沟枝条地这样的名字。就像我们，那不勒斯，最初的名字是涅阿波利斯[2]，意思是新城。轻快走过直街，街名的意思是直线，或者无聊地穿过短管街，意思是——我自己私底下的创想——投射铁球的那种战争武器的一半[3]。

---

[1] 灌木丛意大利语是 sterpi，经过两次音位变换可得 streppi，无含义。

[2] 公元前六世纪时那不勒斯的名字。

[3] 短管街（Mezzocannone），由 mezzo 和 cannone 两个词组成。在那不勒斯方言中，mezzo 代表短，cannone 意思是管子，组合在一起意思是短管子。但在意大利语中，mezzo 的意思是一半，cannone 的意思是火炮，组合在一起意思是火炮的一半。

但是，我必须说，我的兴趣对象主要是各种语言，是阵风在口腔中吹出的语声，是声波撞击到牙齿上破碎成的无数小碎片，是大多数语音形成的花朵，看它们如何冲入空气，由于无法被写下而凋零，的确，有一些能在字母表中找到一点位置，但那是不稳定的，只能持续一段时间：新的书写法顶掉旧的，抄经修士可能是艾米利亚人，或许是卡拉布里亚人或那不勒斯人，作者则是托斯卡纳人或利古里亚人，两位发音方式不一样，于是，举个例子吧，etterno 变成了 eterno，sanza 变成了 senza，schera 加了一个 i 变成了 schiera，总之，旧写法痛苦地跌入虚空，书写习惯变得无法逾越，曾经，一个热情洋溢、头脑缜密的有识之士在烛光里充满信心地写下 etterno，后来，人们觉得多出的那个 t 没有用处，就把它删掉了，所以，今天，如果你写下 etterno，就会得到一条蓝线，那是一个拼写错误。

我还学到了一些音素分类知识。我了解到，aeioú 只是最基本的唱诵，元音的数量远比这要多，有一些基本元音——i、a、u，还有一些中间元音——e、o，而且 i 和 a 之间、a 和 u 之间也存在许多元音，互相之间差别细微，理论上元音数量是无限的。当我写 i 时——我写下的笔记，到底指的是哪一种 i 的振动呢？我所说的这个音，舌头在口腔中位置如何？而那些符号——i、a、u，它们是不是太贫乏了？是不是正是由于它们的贫乏，所以才把话音中那些难以察觉的金属质感、那一丝丝色彩排除在书写之外？

教授讲话时，我看到银子般脆亮的声音，像是许多小薄片——我还在抄那时的笔记，是由舌头在口腔中的运动凿下来的，有吞吐，有爆破，比兰波 ① 在元音十四行诗中使用的那些颜色还多。我想，所有那些金属，所有那些颜色，一直被遗漏在外，我本可以使用带标音法的字母表，把它们全都捕捉到的。那标音法可是个大发现，教授在黑板上写下几个符号。

啊，它们每一个都令人向往无穷：ð ɯ θ ɱ ʔ ɟ ɥ ɸ ʂ ç ɹ ɟ。我迫不及待地想要掌握它们，想明白如何在文学上使用它们，必要的时候还可以发明新的用途。

那时候我很容易兴奋，我浑身是汗，血液在血管中高速奔流。这样一节课后，我见到尼娜时，递给她一张纸，上面写道：ę ę ö ü ɛ ɑ ɔ ʉ。她露出了这样的表情：？

十八

我无论学到什么，都会总结一下，讲给她听。上面那些课的内容也给她讲过，甚至可能还给她念过笔记，她都会认真地听。但也有可能——今天我这样认为——她在装。一段时间以来，我已经意识到，即使是爱我们的人，也很难彻底掩藏自己的想法、为我们以自我为中心的疯狂行径

---

① 十九世纪法国著名诗人，曾以《元音》为题写下一首诗歌。诗中，a 是黑色，e 是白色，i 是红色，u 是绿色，o 是蓝色。

腾出空间。但那时，我一点都不怀疑，我相信自己向尼娜倾倒那些愚蠢想法的时候她很高兴。我确信自己已经找到了这样一个人，她相信我拥有杰出的品质，比我外婆还信，肯定也比我自己信。

现实情况当然更为复杂。尼娜下课之后，满脑袋都是公式，可能也想把代数课的内容讲给我听，就像我想给她讲纸莎草学和历史语言学课的内容一样。但她知道，对于代数和其他许多东西我一无所知，所以她表现得很有教养，似乎她头脑中的那些数学运算与伽达拉的菲罗得摩斯、阿布鲁佐和莫利塞的地名、有关元音的白日梦、标音法的胡乱联系之间立着一道带刺的铁丝网。或者，更有可能的是，她认为——在一九六二年到一九六三年间还有一些此类现象——自己作为女人，理应密切关注我这个男人正在学习的东西，对人文学科学习表现出兴趣，对我那些时而俏皮时而悲叹的句子兴趣十足，每当我有深刻见解的时候再惊得瞠目结舌。

然而，即使在那个年代，也不能太过分。我的某些声明与言论引起了她的兴趣，另一些则让那个性格温和的女孩越来越反感，反抗的心思悄然出现。

我越来越喜欢向她展示，即使是看似持久的东西，即使是我爱的东西，也终有灰飞烟灭的那天。有一次，我从历史语言学教室走出来，情绪激动，和她说话那个样子，似乎正有某个危险迫近：

79

"语言不是静止的，语言会粉碎，写作也会随之粉碎。"

"山脉、行星、恒星、整个宇宙都会如此。"

"但是，写作的可靠性对我而言尤为重要，当我知道它是脆弱的、不充分的，我就失去了方向。"

"什么意思？"

"字母表没有记录所有声音，尼娜。你甚至无法想象有多少东西被遗漏在外。"

"也许你必须接受这个事实。"

"这可不容易。以米兰女孩为例。"

关于她，我只记得很少几个词，但我还能清晰听到那几个词在大脑某个区域中回响。我觉得，在那个回声里，她使用的元音根本无法与通常那五个元音对应，我担心，如果我把那么一丁点句子关在字母表里，那留在我记忆里的这点声音就会彻底死去，和她本人一样死去。

她用不满的沉默反对我，然后说：

"又是那个溺水的女孩？"

"只是举例。"

"维苏威火山的爆发、语言的消亡、无法捕捉声音的文字书写，这些我都有点听腻了，一切都在粉碎，一切都在腐烂。"

"你不爱我了吗？"

她想了一会儿，然后摇了摇头，回答道：

"不，我很心疼你。过来，忘记那个死去的米兰女孩吧，只要我还活着，那就把心思放我身上。"

那次，我意识到，有那么一刻，她脱离了我们两个人，站在很远处全面扫视了我一眼，发现我把越来越多的空间留给了米兰女孩的影子，她不喜欢这样。她想要的我，就是我原本向她展示的样子：性格温和，即使谈到自己的雄心壮志时也不会提高音量，总是懂得如何将欢快的光投向那些不可避免的阴暗角落。事实上，后来她对我说：你有什么心事么，你累了，你有点神经衰弱，想和我说说么？她很关切，但也很焦虑，我努力让她相信我很好，只有低能儿才会一直傻乐。当然，有时我觉得生活中满是死亡，但是——我向她保证——只要忘记米兰女孩，一切都会过去的。

那段时期还有其他令人担心的事，这倒也帮了我们一把。尼娜告诉我，她没有来月经，她被吓到了，我也很害怕。我夜不能寐，看到自己当父亲的样子，不再有学业，不再有文学，必须随便找个工作养家。我们一边惆怅地听着阿尔比诺尼① 的慢板，一边花了很长时间来想象，一场匆忙的婚礼，怀孕，分娩。幸亏她非要用滚烫的水洗澡。看起来似乎没什么用，但她的确痊愈了，也就是说，来了月经。

我们把这件事当成奇迹，活着对我们来说似乎很美妙，我们又成了恋爱中的大学生。但有一天早上，令我惊讶的

---

① 十八世纪意大利威尼斯作曲家。

是，她又提起了那个死去的女孩，语调中带着些讽刺。

"我可以问你一个问题吗？"

"可以。"

"为什么你总是叫她'那个女孩'或'米兰女孩'？"

"她是一个来自米兰的女孩。"

"但她有名字吗？"

这个问题让我不知所措，我从来没有想过它。米兰女孩名叫什么？难道我不知道她的名字？我知道"伽达拉的菲罗得摩斯"这个名字，甚至还能说出他的生卒年代，也知道他是伊壁鸠鲁派，但我不仅不知道女孩叫什么，而且还是在她死后十年才第一次意识到这一点，怎么会这样？我承认：

"她当然有名字，但我一直都不知道。"

"你知道我的名字吗？"

"知道。"

"是什么？"

"尼娜。"

她走了——也许高兴，也许不高兴，去上她的代数课了。

十九

回到家以后，我对自己更不满意了。我已经意识到，米兰女孩不仅失去了她的生命，还失去了她的名字。在我眼里，世界的支点和它自身的标点变得更加模糊。我觉得自己就像一个亚当①，正当他渴望创立那种永恒不变的语言时，遗漏了一个关键的命名，于是，由事物名称织成的布料撕了一个口，导致整块布逐渐解体。

我在空荡荡的公寓里转来转去——弟弟们上学去了，父亲在工作，母亲在外面为富家客户送去她自己缝好的衣服，我甚至做出了这样的假设：女孩终有一死的生命过早终结，客观上这不是我的错，我的错在于，我说不出来：她的名字是某某，我也无法让她说话、让她的形象延续下去。

我探头望向厨房，寻找陪伴，我知道能在那里找到外婆。她正熟练地操着刀，将欧芹切碎。我问她，只是为了打发时间：

"外公叫什么名字？"

"朱塞佩。"

"是的，但你叫他什么？"

"朱塞佩。"

"我是说，你们之间，在私下里，你不会叫他另一个名字吗？"

"佩佩。"

"还有呢？"

---

① 原始人类语言假说认为，人类现存和已经消亡的语言均起源于同一种原始语言。有人将这种原始语言称为"亚当语"或"伊甸园语"。

"佩。"

"在这些名字中，哪个是他真正的名字？那个只要你叫，他就立刻过来的名字，即使他死了很多年也是如此？"

她不解地盯着我看，一定担心我在取笑她。但她看到我一副认真的样子，嘟哝道："你不要学习么？"她想说："去吧，好好利用你的时间，不要浪费在我身上，学习比在这儿谈外公的名字更重要。"但我没有走，反而继续问她名字和绰号的问题——他们互相之间开玩笑时用的名字，他们互相拥抱时的名字，出乎意料的是，她开始笑，不剩几颗牙齿的笑，但却很好听。她说，名字是用来呼唤活人的，人死了，叫他们，他们也不会回应，她丈夫，无论她怎样频繁地叫他，他都从来没有回应过。当然不是出于恶意。她丈夫活着的时候，如果可能的话，他总是会回应的，而且，就连他从楼上坠落的那个上午，他也回应过。她下床去为他准备工具的时候，叫了他一声"佩"，而他，虽然还在睡觉，但也立即转过身来，拥抱她，还亲了她一下。亲了我一下，她笑着强调，然后更加开心地——这种情况对她来说可够罕见的——夸耀活着时候两人之间的甜蜜称呼。她告诉我，如果女朋友叫我的名字，那我千万不要说，我有事，现在不行，一会儿再说。因为在她看来，绝对不能让她等一会儿，绝对，最好是现在。说到这里，她突然想起了对我许下的承诺——如果可能的话，她死后要回来，告诉我地下世界有什么，那是我孩童时代提出的要求。好吧，她已经想好了，没有必要等她死，她可以马上回答我，她切香芹的时候就已经全都清楚了。那一刻，她控制不住，笑出了声，她变成了紫红色，眼睛闪闪发光，无法抑制自己。她已经明白，死后什么都没有，没有上帝，没有圣母，没有圣人，没有地狱，没有炼狱，什么都没有。她指着砧板上的香芹，碎末边上有一圈绿色的液体。她说，看，就是这个。这就是她未来的样子，她并不介意，事实上，她觉得更轻松了，这就是她未来的样子，切碎的香芹，切碎的香芹。因此，她坚持认为，我最好给尼娜打个电话，那女孩多优雅："打电话去，去呀，给她打电话，给她打电话，互相拥抱，啊，那多好啊。"

二十

我给尼娜打了个电话，心情顿时明亮起来。当然，我不得不意识到，她不再那么温柔，不再那么投入。有时，她的行为就像得伊阿涅拉 ①，不再清除赫拉克勒斯长衫上的污渍，而是故意看着它脏。与此同时，在我看来，我们之间的关系已经摆脱了互相喜欢的最初伪装，如今变成了坚

---

① 古希腊神话人物，英雄赫拉克勒斯的妻子。半人马涅索斯曾试图强奸得伊阿涅拉，被赫拉克勒斯用箭射杀。死前，涅索斯让得伊阿涅拉留下自己的一点血，并告诉她，与橄榄油混合涂在赫拉克勒斯身上，赫拉克勒斯就再也不会出现不忠行为。后来，得伊阿涅拉把血涂在了赫拉克勒斯的虎皮长衫上，毒血灼烧赫拉克勒斯并导致他自杀。参见索福克勒斯《特拉基斯少女》。

实积极的日常生活。时间重新回到纸莎草学、历史语言学和恋人间的小玩笑。

有一天，我们散步走过市政广场——去看国家图书馆，我俩之前都没进去过，这时，我突然听到一声大喊："米米。"这是我的小名，所以，尽管很久没有人这样叫我了，甚至连外婆都不这样叫我了，我还是本能地转过身去。我看到身后有一辆相当破旧的白色600①，开车的是一个年轻人，金发梳向后，额头宽阔，蓝眼睛，笑容灿烂。米米，那人重复道，我是莱洛，你不认识我了吗？

我认出了他。或者说，我认出了那个莽莽撞撞的孩子，藏在600司机那张挪威水手般的大脸后。真是莱洛。现在，他已经停好车，一跃而出，张开双臂。他似乎很兴奋，我也很兴奋。我们互相拥抱，尽管我觉得，他那强壮的肩膀、胸膛，他那浑厚的声音，对我来说完全是陌生的，唯一的熟悉确据来自那个小男孩，如同小火苗般地在他面孔上摆来摆去，有时几乎弯到消失，有时又重新出现。

我向尼娜介绍他，但这次偶然相遇令他太兴奋了，所以他没太在意尼娜，而是立即向我抛出了无数个问题：我的弟弟们、父母、外婆怎么样了。

"我碰到她了，"他说，"她还是那么喜欢关心人，我请她把我的电话给你，希望你能给我打电话。"

---

① 菲亚特600型汽车，意大利五六十年代常见的小型汽车。

我编了个谎。

"也许她忘记了，不过，看多巧啊，我们还是见面了。"

"你在做什么呢，米米？"

"读大学。"

"学什么？"

"古代文学，你呢？"

"航空工程。"

"啊。"

"我都能猜出来你学的是古代文学。"

"是的，不会学现代的，古代文学总是让我觉得更可靠。"

"那你后来搬哪里去了？"

"铁路那边。"

"你家搬走之后一年，我家也搬了。"

"你家搬哪里去了？"

"就在附近，威尔第街。你们想去我那里吗？我请你们喝杯咖啡？"

"不了，谢谢。"我也是在为尼娜回答。

他不想让我们离开，他提议道：

"那坐车一起转一圈吧，你们觉得可以吗？"

"换个时候肯定没问题。"

"我打扰到你们了吗？"

"哪里有。"

"我看是，我打扰到你们了。那你们两个人去转一圈吧，我把钥匙给你们。然后你们把车停在威尔第街，再上来找我。"

"谢谢，我没有驾照。"

"你没有驾照吗？"

"没有。"

"但这是必须的啊。"

"我知道，但要花钱呀。等我有点钱了，我就去学车然后考驾照。"

尼娜插了一句，被人忽视显然让她不太高兴。她热情地说：

"我学数学。"

"这我可绝对猜不出来。"

"为什么？"

"就是猜不出来呗。"

"别啊，解释一下。"

"学数学的女孩哪能看啊。"

"学工程的男孩也没法看。"

"没错。"

"不过，我还是挺愿意坐车转一圈的。"

"去哪儿？"

尼娜想了一会儿，说：

"你们小时候玩儿的地方。"

莱洛对这个提议很满意，我也很高兴。他坐在司机的位置上，我的女朋友坐在后座上，我坐在前座上，因为我的腿很长，坐后面也牺牲太大了。我们开上沃梅罗山，我赞扬莱洛的技巧与随意自如，能在车流中闪转腾挪，将我们的生命置于危险中。

"你们俩小时候看的那个女孩是什么样的？"尼娜问道。

"什么女孩？"

"米兰女孩。"我说，期待着立即得到认同。但莱洛眯起了眼睛，目光似乎看向很远的地方，但透过挡风玻璃，却没能看到她。

"我好像不记得有什么米兰女孩了。"

尼娜帮他回忆：

"你俩曾为她决斗。"

"我记得那些决斗。"

"后来她去别墅度假，死了。"她继续提醒。

"是啊，我好像开始想起来点什么了。"

"什么？"我问。

"你曾经写过与可怕鬼魅有关的故事，让我感到害怕。还有，你对中庭很着迷，里面有一个满是死人的坑。"

"这坑是怎么回事？"尼娜问我，好像我对她隐藏了某个重要细节。

"没什么。"我尴尬地回答，但莱洛告诉她了：

"小时候，米米不停地谈论死亡、追捕、杀戮，他总是充满想象力。"

然后，他又补充说，似乎他想出了一个主意，能从多方面满足我的需求：

"你想来墓园和我一起工作吗？"

我装作很好奇：

"在墓园工作？"

"是的。他们雇用大学生来办理坟墓上的照明合同。"

尼娜感叹道：

"我觉得这工作适合米米。"

"事实上，"莱洛鼓励我，"你一定会从中获得许多有关恐怖故事的想法。还能挣一点钱去考驾照。"

我摇了摇头：

"谢谢你想着我，但我已经接了太多家教。"

我们停好车，然后——尼娜在中间，我在她右边，莱洛在她左边——穿过广场，十年前，他曾在那里用自行车撞我。我提醒他，希望他至少还记得。

"好在你没什么大事。"他感叹道，后悔不已，仿佛这一切刚刚发生。

"没什么大事？你伤了我一只脚，还有脚脖子，一直到膝盖。流了好多血。"

"真的吗？我只记得有几道划痕。"

尼娜插了一句：

"不要管他，他总是夸大其词。"

"血涌了出来，"我坚持道，"然后我在水台那里冲了一下。"

水台依然在那里，无言的见证，只有潺潺的流水声。我离开莱洛和尼娜，去喝了一口水，看看我能否再次听到小女孩的话语。我真的听到了，只有紧张的几秒钟，话音层次分明。但是，当我回来的时候，我什么都没对莱洛说，他记性不好，可能会拉着我和他一起健忘。

无论如何，是他想让尼娜看看死人沟。我们走进中庭，但却找不到它，都怪最近的施工，改变了布局，掏空了我们的童年。莱洛和我都很失望。

"你还记得那个突然的砰砰声吗？"他问我。

"记得。"

"一定是水泵的问题。"

我犹豫了一下，脸上浮现出半点笑容：

"那是死人。"

"你最好别说那些想象中的死人了，"尼娜说，"他在墓园工作，比你知道得多。"

但莱洛为我辩护，他称赞我的叙述能力，说没有人能像我那样讲述尸体的故事。这句话虽然说得很认真，却让我女朋友笑得不行。我没有在意，就让他们通过打趣我来互相了解吧。同时，我不露声色地把他们俩带到女孩的阳台下。我必须这么做，那仍然是我关于终结的首要体验。一切看上去都更加拥挤了：仿佛天空和建筑曾经被画在一把张开的大伞上，如今，伞骨破损，大伞在头顶上几乎合了起来。

"你现在想起来点关于米兰女孩的事了吗？"我问莱洛。

他看了看大楼那褪色的外墙，那些阳台。

"有点。"

"那个阳台，三楼的，想起来了吗？"

"有点。"

我指给尼娜看我曾经的窗户，还有那连接厕所和厨房的窗台，也就是我冒着摔死的危险走过几次的窗台。莱洛这时也变得兴奋起来：

"有一件事，我永远不会忘记，你曾经带下来了你外公那根藏剑的手杖。"

我看着他，看他是否是认真的，我沉默了几秒钟。他似乎对自己记住了这个谎言而感到非常高兴。尼娜问我：

"你外公有一根藏剑的手杖？"

"是的，"莱洛替我回答，"那是一根有银柄的手杖，里面有一把真正的剑，非常锋利。"

我问：

"我们决斗的时候，你是否看到女孩在栏杆条上跳舞？"

莱洛犹豫了片刻，然后热情赞叹道：

"是啊，就在最激烈的时候。你还用外公的剑刺伤了我的胳膊。"

那一刻感觉太棒了。我们两个都沉浸在童年那些线索里，当下似乎并没有觉得不好意思，所以，我突然感觉他是我的朋友，这种感觉就连我小时候都没有过。我逐一确认他的叙述。

"你会把他杀死的。"尼娜说。

"是的。"

"必须有人一直看着你们，你们这些疯子。"

"是的。"

总而言之，那是一次愉快的重访。我们回到那辆 600，我和莱洛，还有尼娜，我们都很高兴。她小时候生活在那不勒斯的另一个区，但现在，她已经熟悉了我们的童年。走到车边，她示意我坐在后排，自己则坐到了莱洛旁边。我们就这样出发了。

返程路上，我们的司机甚至比来时更加不管不顾。他车开得很好，虽然总是与危险擦肩，但每次都能从容自信应对，所以，我们这两位乘客都很享受这段旅程，似乎在弯道鲁莽超车时，也不必担心与巴士相撞而死。

到了市政广场，在告别之前，莱洛再次提出让我和他一起去墓园工作。他周日和周一工作，上午八点到下午一点。做收银员每天能挣两千里拉，做电工每天也能挣两千里拉。

"考虑一下吧，"他说，"记下我的电话号码。"

我记下来了，他也写下了我家里和尼娜家里的电话号码。当我们三个互道再见的时候，她突然直截了当地问他：

"女孩名叫什么？"

莱洛假装努力回忆——很明显，米兰女孩给他留下的印象并不像她给我留下的那么深刻，然后摇摇头：

"就在嘴边，但想不起来了。"

他回到车里，开走了。

尼娜和我又紧紧相拥地走了一圈，海风吹来，很好闻。

"你是一个非常开朗的孩子，"她讽刺道，"你拥有美好的童年，满是死亡和谋杀。"

"你看，那时候我可开心了，莱洛什么都不记得了。你对他印象如何？"

"在我看来，他有点傻呵呵的。"

"他不傻，但总是缺乏想象力。"

"不过他非常喜欢你。他不仅想把车借给我们，甚至还想为你找一份工作。你必须迎合他一下。"

"我还要学习和写作。我现在可巴不得去卖祭灯呢。"

我这样说，但以这句话收尾不是件好事。一瞬间，旧有的焦虑感袭来，我想：下面一定很黑。

二十一

莱洛那边一切进展顺利。几天后，他再次出现，邀请我们去庞贝转一圈。我们接受了，因为尼娜从未参观过那片遗址，而我——尽管我相当了解赫库兰尼姆的莎草纸——也只去过一次，十一岁时和父母一起去的。

我们相处得很好，他很热情，有分寸感，我们提出分担汽油钱，他不同意。所以，后来我们又接受了几次去别处游玩的邀请。我们坐着他的车去了阿马尔菲海岸，还去了波佐利，在那里，我们第一次看到了索尔法塔拉火山。

一次次聚会让我们亲近起来，莱洛甚至好几次邀请我们去墓园，向我们展示他如何工作。那次经历还不错。他向我们介绍了自己的同事，都是些大学生，非常友好。每个人都有自己的办公点，也就是小堂里的一张桌子，可以在那里接待自己的客户，即死者的亲属。

莱洛非要带我们参观他那块地方，安宁、整洁，摆着许多祭台、十字架、祭灯。有鸟叫声，树叶微弱的沙沙声，鲜花或干花的气味，喷泉的闪光，此外什么都没有，没有大喊大叫，没有汽车鸣笛。他放东西——一个登记簿、几支笔、空闲时学习用的书，甚至还有零食——的地方是个空的棺材隔间，盖板架在一边。

我们有机会看到了他工作的样子，他很能干，善解人意。他主要卖祭灯台，那是一种木板，上面装着两个、四个甚至八个灯泡（每个灯泡点亮一天的费用是一百里拉）。有了这种灯台，死者亲属们就能在节日里把普通灯泡换成永恒之火形状的了。此外，如果他发现某个欠费的寡妇正沉浸在祈祷之中，他也要负责收取欠款（永生灯每月花费四百六十五里拉）。讨债人这个角色很适合莱洛。他首先询问死者的情况，把兴趣点放在生前品行上，聊一会儿之后才会说到钱的问题，但又好像在说：如果您没带钱，那我就先帮您垫上，可如果您欠着不还，那我就只好忍痛关掉灯了。我们就目睹了这样一幕。最后，寡妇付了欠款，带着悲伤喃喃自语："但千万别把我丈夫的灯熄了，不要把这样的错误强加给我。"听她这样说，似乎如果灯因欠钱而被熄灭，那对亲戚来说简直不亚于死者本人第二次死亡。

我不知道自己当时是否喜欢这种经历。莱洛的墓园似乎与我对墓园的看法相去甚远。他几乎把这里变成了自己的别墅，整理得很好，没有鬼魂，没有黑羽天使，没有死亡带来的黄不溜秋的苦痛。在他那个地方，甚至连活人的痛苦都只是惯例而已。亲属们似乎都是客人，莱洛懂得如何向大家传达这样一个印象：点亮的灯——正是由于这些灯泡的存在，死者不会生活在臭气熏天的黑暗中，而是在一个干净、明亮的地方——似乎是他的一份礼物。而我呢，即使在舞会上我也会想起墓园，如果有人友好地对我说：活跃点呀，有时，我会突然想：什么叫活跃点，他是在说我已经死了么？不过，我不想让尼娜扫兴——她很兴奋，和我朋友开玩笑，说她很羡慕他，因为在墓园学习一定比在家或在大学更容易集中精力，她甚至说，那份给我的工作她肯定会接受的，是的，我不想让她不高兴，所以，我甚至说了这样的话：是啊，莱洛你真厉害，这份实习工作很棒，如果能在墓园里好好生活与工作，那么无论在哪里都能好好生活与工作。当然，我当时还不像今天这样能说会道，恐怕还是有点词不达意，莱洛问我：

"什么意思？"

"意思是说，必须习惯于遗物堆里的生活。"

"我不明白你在说什么。"

我试着解释：

"我们一生中，有一半时间都在研究别人的遗物，另一半时间在留下自己的遗物。"

莱洛分不清我是在开玩笑还是认真的，说实话，我也分不清。

"你的意思是说，历史、地理、物理、化学、小说、诗歌、代数、航空工程，这些都是遗物？"

"是的。"

尼娜突然大笑起来，转向莱洛：

"你明白你的朋友是什么样的人了？"

二十二

毫无疑问，这段重新建立起来的友谊给我带来了欢乐。米兰女孩成功站稳了脚跟，她的新生命在充满细节与活力的土壤上安置了下来。我没敢写她，我觉得自己还没有合适的工具。但是，一天上午，在历史语言学课上，我突然听到教授讲，用音标转写优质散文选段是一种很棒的练习方法：可以是某个作家写的短篇故事，《约婚夫妇》①的一页，《玛拉沃里亚一家》②的一页。我还记得一个著名的童话故事，里面有这样几行："I due litiganti kom'vennero allo:ra ke ssarɛbbe ritenu:to pju ffɔrte ki ffosse riuʃʃi:to a ffar si ke il viaddʒato:re si toʎʎesse il mantɛllo di dɔsso③"。对我来说，这些练习证明了，加入音标能让本已优秀的文字得到进一步改善。所以，我满怀热情进行了大量练习。我希望自己能够达到炉火纯青的水平，然后再以这种方式写一篇前卫的故事，关于米兰女孩，起点就是我回忆中她那无与伦比的意大利语。

不过，此时已经到了必须开始刻苦学习的时候，也就是说，必须用铅字印出来的那种意大利语大声复述课本内容，把它们背诵下来。我希望自己的大学课程规划④ 从历史语言学考试开始，之后立刻考纸莎草学。但当我去科学书店买书和讲义⑤ 的时候，我发现自己忽略了历史语言学

---

① 意大利作家亚历山大·曼佐尼写于十九世纪上半叶的小说。作者本人的母语是意大利北部的伦巴第语和法语，四十岁开始学习标准意大利语并完成这部小说。《约婚夫妇》据说是读者人数最多的意大利语小说，也是标准意大利语普及过程的重要里程碑。

② 意大利作家乔万尼·维尔加写于十九世纪末的小说。作为真实主义代表作家，作者为了聚焦底层人民的生活，抛弃了纯粹用书面语写作的传统，夹杂口语化表达方式和个别西西里语单词。

③ 意思是：于是，争论双方同意，谁能让旅行者把大衣脱下来，谁就更强大。

④ 意大利大学并没有明确的必修课和选修课要求，哪年学习哪一门课程由学生自己决定，并逐年向学校提交自己当年准备学习并考试的课程列表。

⑤ 以前，意大利大学授课时，教授通常会指定一家书店或者打印店将自己当年的讲义打印装订成册，学生可直接前往购买。

教授那些窃窃私语和喃喃自语中的一条重要信息：考试不仅需要研究阿布鲁佐和莫利塞的地名，还需要用标音法准备五百张卡片，每一张写那不勒斯方言中的一个词。

有那么一段时间，我把自己关在屋子里，不再去见莱洛，甚至不再去见尼娜，我开始刻苦用功。我意识到，必须去收集语言素材，收集刚刚说出的词语。我意识到，首先必须有很强的意志力，摆脱自己的发音习惯，这样才能不带成见地记录他人说的话。我意识到，必须在农耕时节到田野里去，走进牧羊人的草房和老巫婆的棚屋里，溜入山里人的农舍和工匠的作坊里，总之，在我以未来的历史语言学家身份游荡时，从我有机会靠近的任何一个人的嘴里——不论这个人与学术范式如何相悖——掏出几个词。我意识到，必须非常仔细地检查，看看说话者是否从未离开过自己的家乡，是否只说方言，是否有健康的牙齿和正常的听力。我意识到，必须让耳朵畅通，察觉对方说辅音时的每一个细微差别，特别是单辅音和叠辅音，还要察觉元音那无数种开合度。我意识到，必须准备一些小伎俩，让那些天性害羞的人愿意和我说话，有时他们是纯真的，但更多时候他们不信任别人，甚至会有粗鲁恶意的举动。我意识到，必须克制自己的书卷气，藏好纸和笔，只有这样才能赢得这些人的信任，因为他们总是不由分说，抗拒别人将自己的话语保留下来。最后，我意识到，必须先测试一下自己的方言，证明我懂得如何与那些没有受过教育、只懂得使用方言的人交流，也证明我在那不勒斯话音标转写方面确有能力。总之，如果我想通过历史语言学考试，必须尽可能完成那五百张卡片。

不是我夸大其词，之后，我的确萌发了对该主题和相关问题的强烈兴趣。但在最初那段时间里，我承认，我把这次考试当成了对大学、学业，尤其是标音法的羞辱。在我当时的想象里，上大学之后的我在意大利语口语和书面语方面水平应该比高中更为精进，关于声音与符号之间的那种恼人关系，我心里已经有了几个相当精彩的小见解。但是，为了获得学位，我不得不回到底层，去问那些几乎完全没有受过教育的线人——也就是说，他们拥有的方言能力没有被意大利语普及运动所腐蚀，去问他们在那不勒斯话里这个东西叫什么，例如木桶箍怎么说，母牛的乳头怎么说，用什么动词来表示从火疖子里挤出脓液，用什么样的语句来和风尘女子对话。但也有风险，那些尽管年事已高但仍忙于生计的线人们会回我一句："小子，别鸡巴烦我。"

我为什么要这样浪费时间，四处翻找词汇？自我出生起，我就认识它们，与老师之间的许多麻烦也来自它们（"这样说不对，这样写不对，这是那不勒斯话，你不懂意大利语，你有很多拼写错误"）。就在几周前，我曾计划把米兰女孩那个优雅的小身影写下来——这就是文学的作用，这句话来自贝纳戈斯蒂老师，在向我透露自己也是一个诗人之后他曾这样说过，让她用文字说话，要与那次在喷泉边对我说的一模一样。我想用标音法来尽可能再现她那精彩的语言。而现在，一切都变了，我不得不去打扰那些小老太、小老头，问他们——举个例子——正在编的那个篮子的名字，当他们回答"cuófeno"时，我需要使用新的符号在卡片上写："cuːofənə？"啊，多么愚蠢的行为，多么浪费精力。我放弃了与尼娜相见的乐趣，就是为了在这种卡片上消磨精力？

我瞥见外婆的时候，心情正非常不好。她像往常一样，站在灶台前，像是圣火旁皱皱巴巴的维斯塔女神①。在上次交谈之后，她又退回到自己的角色里，殷勤地满足我的需求，从干净的袜子到一杯水。看到我把自己锁在屋子里学习，她更加不知所措了。她可以当我的全职哑仆，而我则是心不在焉的主人。我把她从那些思绪中拉出来，给她吓了一跳，然后对她说："好消息，外婆，大学需要你。"

二十三

起初她以为我在开玩笑，嘟哝了一句："好，为什么不呢？"同时继续在烧热的锅里搅动。但我等在一边，一有机会就立刻把她从灶台上拉开了，给她看书，看那些卡片，还给她解释：如果你不帮我，我就没法参加考试了。

说了一会儿她才明白我是认真的。平时的她满面红光，

---

① 古罗马神话中的人物，家宅炉灶女神。除每家祭祀之外，古罗马还会在维斯塔神殿供奉圣火，举行公共祭祀活动。

此时却苍白起来，变成了一团杂糅的情绪，下嘴唇颤抖着，眼睛瞪得大大的，像我父亲羞辱她时那般。和往常一样，她愿意为我做任何事，但我为了考试可能需要她的那不勒斯话，这件事对她来说似乎很可怕。她结结巴巴地说着混乱的句子，怀疑有人在逗我玩，或者有其他什么坏事。她一边紧张地笑个不停，一边回复说，教授们可能会用这些卡片对付我，他们会认为，如果有她这样一个外婆，我就不配获得学位。她甚至提到，对于那些想加入宪兵队的人来说，如果祖上的犯罪记录不干净，就无法入职。简而言之，看到她如此激动，连我都为她感到难过。

我尝试让她平静下来，开始问她问题。我想了解她对大学的想象，然后告诉她：不是那样的。慢慢地，我发现，她把大学想象成了死人沟的反面，那条死人沟，小时候她给我讲过，但她自己已经不信了。

她眼里的大学并不是天堂，当然她也不相信天堂了，但无论如何，看她谈论时的表情和手势就能知道，在她脑海里，大学是高高在上的，几乎在天上，就算告诉她沿着直街走过去、大学就在从火车站出来的右手边，她也不信，天知道她其实都从大学前经过多少遍了。她抬着头，朝天花板做手势，继续说道，对她来说，大学在顶顶上面，通往那里的楼梯，台阶都和筛子似的，最后，只有非常纯粹的谷粒才能到达那里。她小时候，尽管加法和除法做得很好，但也几乎立刻就被扔出来了，而我，感谢上帝，是一粒质量上乘的谷粒，完全有权利进入那个人才济济的地方，那是一片蓝白色的空间，没有人需要再去劳作，所有人都用意大利语交谈，没有人从早到晚地大喊操你祖宗之类的话，大家都在学习、思考，带着喜悦，彬彬有礼，把思想传达给为家庭生计而担忧、无法甚至无力思考的人。

一切又像是回到了童年，但我从来没有觉得角色如此颠倒。现在，老了的是我。我在利用她的轻信，把她当成孩子，骗她说玩个游戏——比如剥菜豆或豌豆，但其实都是工作。我打算花几个上午的时间，趁家里没人的时候，让她待在一个角落里，敦促她告诉我所有那些厨房用具、食物、配料的名称，还有她能想到的关于外婆兼女仆世界的一切，她对那不勒斯话的掌握程度超过任何人——她一直很能干，二十四岁时已经成了寡妇，丈夫去世，留给她一个两岁的女儿和一个还在肚子里的儿子。然后我会用标音法记下那些词，只花几个小时就能写完五百张卡片，不会遇到任何麻烦，至于其他线人，到时候再编吧。

二十四

我们谈了谈，她平静下来了。我告诉她，大学里没有那么多白色和天蓝色，有的是灰尘、阴暗和糟糕的空气。但是需要做不少研究工作，我的历史语言学教授对她这样深入了解那不勒斯话的人非常好奇。我解释说，任何一个熟知某个领域的人，都能得到教授们的欣赏，所以，她不必担心，她一定能帮我出彩。当然，我不会要她来帮忙参加所有考试，意大利语考试肯定不会烦劳她，古希腊语法也不会，拉丁语也不会，但是，历史语言学这门课的确需要，这些卡片的确需要。事实上，如果没有她，我就会浪费许多时间，去打扰这个人、那个人，所以，能有她这样一位外婆是件好事。如此这般。

慢慢地，她被说服了，开始在厨房里转。她环顾四周，打开抽屉，手拂过眼前的物品，似乎在寻找灵感。她拿起一件，那是一个漏勺，她尴尬地笑笑，努力着说出了我们此次工作的第一个词。她的发音很谨慎，很不自然，似乎——考虑到这个词是为我准备的——日常的发音是不够的，需要加一些细腻。她说，漏勺，然后又用自己的方式一个音节一个音节地说了一遍：pi-rcia-te-lla。她说了两三次，-cià 被拖长了，-lla 被拖得更长，说得很慢。

我觉得，她似乎是在用声音给这个词涂脂抹粉，似乎这样，当我把它写到卡片上的时候，这个词就能配得上大学里的那些先生们了。然后她又继续往下讲，努力用了一点点意大利语，似乎对我说话，就是在对教授们或者历史语言学这个学科在说话：它像笊篱，vo-ta-p-sce，能让炸东西用的油从孔里流下去；或者像捞面勺，sco-la-pa-sta，孔可以把水漏下去；也像摩卡壶里的粉槽，深色的水从那里上来，也就是咖啡，cca-fè；还像吸管面，pi-rciatie-lli，那

104

种有细孔的长面条。小子，捞出来漏一下，意思就是说从有孔的东西里经过，你写下来了吗？

我急忙用铅笔写道：pirciatèllə、votapescə、uogliə、skolapastə、cafè、pirciatiéllə、percià、perciàtə[①]。其他词语接踵而至，一连串的声音，不再似之前那般吓人。看到她这样我很高兴，但同时也感到震撼。我觉得，外婆似乎直起了腰。她身体里似乎蓄积着能够发出声音的金属，如今，这金属从一个句子燃烧到另一个，显现在她的眼睛、面部表情、骨骼结构上。我觉得这是件好事，但她那种神志不清、努力提升的状态也让我有些不安。早在她说漏勺那个词的时候，我就立刻告诉她了，像你平时那样说话就行。但对她来说，在那一刻，平时意味着轻视，所以她拒绝了。例如，她顽固地把所有词都加了个词尾——奶酪锉子、汤锅子、平底锅子、炖锅子、酒瓶子、小磨子，这一点最让我恼火。这是小磨子，她说，我觉得不舒服，甚至有些恶心，起初我有些不明白为什么。

不过，很快，我自己的这种不爽就为我指明了方向。在方言里，我最讨厌的就是缺少词尾，那些词都在无法分辨的声音中消失。比如，我父亲会朝我母亲大喊，穿这么讲究哪儿切（去）？那些嫉妒的话语从他冲向她，他会用z、t去打她，去掉了元音，只剩下疯狂撕咬空气的牙齿。

---

① 这几个那不勒斯话单词的意思分别是：漏勺、笊篱、油、捞面勺、咖啡、吸管面、漏（名词）、漏（动词）。

105

城里无处不在的邻里争吵、广场闲谈、暗地走私也是如此，这让我不由自主地把方言与无礼、混乱联系起来。从小学起，我就无法忍受自己那顽固的习惯，我总是吞掉词尾，连意大利语单词的词尾都被溶解掉了。为了给贝纳戈斯蒂老师留下好印象，我会立刻努力说"粉笔"，而不是"粉卜"。但是，首先，贝纳戈斯蒂老师和我没有什么不同，他也会吞掉词尾。其次，与长大之后相比，小时候的我更容易焦虑，因此，紧张的时候，"当……的时候"会不可避免地变成"当……的时呵"，"于是"也会变成"于西"，在生命最初几年习得的发音流出腐蚀性的毒物。

　　总之，长话短说，外婆这种努力往上拔的心态我自己也有过，以前就曾因它而感到羞耻，就算在那段时期我还是会耻于拥有这样的心态。那不勒斯话，我从出生起就在听人说，自己也说，而意大利语，我主要通过读书来学习，前者一直在威胁后者。在那时，摆脱第一语言、学会书本上的语言，对我来说仍是一场小小的战争，似乎有人命令我——我不知道这是从什么时候开始的——去征战一块高地并在那里感到安全。现在，当外婆觉得自己的声音会被写下来，会进入大学时，她也做着同样的努力。我觉得，这努力不但有损她的人格，同时也展露了我自己的卑微。所以，在某一时刻，似乎她破坏了我的研究和我未来的考试，我更加坚定地对她说：不用那么咬字清晰，外婆，没有必要把那些词语说得像意大利语似的，像平常那样说话就可以了。

她沉下脸，眼睛闪着亮光，于是我赶紧表扬她，说她做得很好，她只要做自己就可以了，也就是说，当一个没上过多少学的外婆。她慢慢缓过神来，试着解开了绑在舌头上的蝴蝶结——花瓣、三脚墩、方水槽、千层面的面皮、开罐器，还不停地问：我这样可以么？很好，我回答，我越是表示赞许，她说得就越高兴——挂着、挂肠、火炭、炭灰、浅碗，我也越觉得，最初我感到自己与她之间那种恼人的亲近感——无论是方言还是意大利语都让我感到不自在——慢慢翻转了过来，变成了依然恼人的疏离感，她似乎跑向一个方向——回到了只属于可怜方言的那个地区，而我跑向另一个方向——抄近道跳入了只属于尊贵意大利语的地区。以至于，当我们各自从遥远地区回来，在桌子上那堆写好的卡片中相遇时，很可能，我们会发现，写下来的那些东西都是假的，对她对我都是如此。

二十五

为了卡片，我们投入的可不是一两个上午，而是不计其数的时间。声音与符号的组合指引着时间的划分，似乎每个小时都是由粗陶杯、撒渣勺、瓷砖、锅盖、量杯组成的。

这项工作对说话的外婆和书写的我产生了相当不同的

影响。她一开始相当关注我能不能考过，但随着时间的流逝，却被她自己压垮了。最后，她头脑里挤着许多声音，额头和脸颊处满是小红斑，菜椒般的鼻子上挂着晶莹汗珠，眼睛恢复了年轻的神色，如此闪耀，让我觉得那里面似乎还住着许多其他眼睛。她开始重视自己，这恐怕是之前从未有过的。弟弟们放学回家、父亲下班归来时，会轮流把头探到厨房里看，看发生了什么，不明白为什么没有酱汁的香味了，为什么没人摆餐桌，而她会高兴地说：我们正在为大学工作，然后不慌不忙地走向灶台，心不在焉地嘟哝：现在我来做饭。慢慢地，我们所有人都觉得奇怪，她不再扫地、除尘，不再收好脏衣服去洗、晾、熨。她甚至还告诉我母亲，这段时间她太忙了，所以我母亲至少应该代她做做饭、摆摆餐桌、饭后收拾一下。似乎大学把她当作了我学习的基石，突然提升了她的价值，于是她解放了，不再给我们当女仆，也不再给走进她生活的任何人当女仆。即使对我父亲——她的死敌，她也不那么服从了。

"丈母娘，您罢工了？"

"是的。"

"那您什么时候复工？"

"我不知道。"

也只有这次，她甚至收起了对我的爱。现在是我在专心听她说话，她不再需要用自己的深情厚意追着我跑。于是，她变轻率了，甚至有些无所顾忌（闭会儿嘴，什么鸡巴事，

108

让我想想），如一场大雨般，根本不管人们是否带伞就一头浇了下来。她不再顾及我的学习需要，沸腾着，感觉自己越来越有本事了，可以掀开锅盖了。她体会到了此前从未有过的展露自我的乐趣——写，小子，展露，遮盖的反义词，听听，多美的词，你一生都被羞怯遮盖着，被恐惧掩藏着，然后，看吧，你开始展露自我。在给我解释到底什么意思时，她做了一个手势，似乎扯掉了自己身上的被子、衣服，甚至扯掉沉默，那个手势似乎给她带来了快乐。

　　起初，我努力跟上她的步伐，但很快，我收集到的词就远远超出了考试要求的数量。我越是写卡片，就越是觉得字母表、标音法败下阵来，她的那不勒斯话中，很大一部分只能流落在外。我想，没有什么能把她的铿锵话语记录下来，总会有东西被排除在外。她越是出格，我就越是觉得：够了，为什么还要继续写卡片，写作是另一个锅盖，紧紧压在这个可怜老女人的身上，赶紧结束得了。但另一方面，我也被迷住了，任由她继续打开锅盖，展露自我。自我越是展露，语调就越丰富，音量也越高，人也更兴奋了。我觉得，她的眼睛里似乎还有其他人的眼睛，她的手势里似乎还有其他人的手势，她的嘴里似乎还有其他人的嘴，她的词语里似乎还有许许多多其他人的词语，那是一种毫无秩序的喧嚣，没有任何工具能记下来，更不用说书写了。啊，我浪费了多少时间。米兰女孩的回声，我可以通过研究、通过练习把它们有序排列起来，给它们一种适当的、持久的形式，对于寻求试炼的人来说，那些回声是一份珍贵的礼物。但我外婆那些拥挤的声音却无法被还原成任何美丽整洁的书页，文学退缩了，字母退缩了，标音法也退缩了。我觉得，有那么一刻，说话的不只是她，还有她的母亲、她的外祖母、曾外祖母，她们的那些词语，似乎来自巴别塔以前，那是关于大地、植物、体液、血液、工作的词语，是她曾经劳作的词汇，是关于儿童和成人严重疾病的词汇。疯狂——她／她们说——是一种令人无法忍受的躁动，不知道怎样才能平静下来；抽搐，是扭动着、眼睛向后翻着突然昏厥；还有爱情，吻，啊，接吻，小子，没有什么比吻更好，互相拥抱，抱得紧紧的，如果不懂什么是接吻，那还学个什么劲？

关于这个话题，她说了很多。她给我讲丈夫给她的初吻。他是一个二十出头的帅小伙，她二十二岁，此前从未和任何人接吻：那个吻如此强烈，以至于他整个人都留在了她的嘴里，今天，他的嘴依然留在她的嘴里，他的声音也依然留在她的声音里，所以，每次她说话时，他们都在一起说话，我听到的那些话来自岁月深处，来自他和她的呼吸，他和她的声音。

二十六

我们的对话以亲吻这个话题结束。外婆支支吾吾了一会儿，找不到别的词，于是宣布她已经把一切都告诉我了。带着卡片退回关门学习的小屋时，我听到她在唱歌，唱得很投入，每个词尾都清晰可辨："风，风，请带我一起离开。"然后她停了下来，我不记得之后还听她唱过歌。

我总是在想她对亲吻的怀念。也许我吻尼娜的时候吻得太匆忙了。眼睛、嘴巴让我着迷，但我会迅速把痴迷转移到她身体的其他部位。我对自己说，如果外婆在四十年后记得最清楚的是她丈夫的吻，那么，也许尼娜也会尤其在意吻，也许她希望获得更多、更强烈的吻吧。可那会儿我没有时间去弥补，考试的日子越来越近了，我很少和她通电话，见面的机会更少。我研究口腔的重要性，不是为了恋爱，而是为了历史语言学。

我背记表格，区分双唇音、唇齿音、齿音、齿龈音、卷舌音、龈硬腭音、龈腭音、硬腭音、软腭音、小舌音、咽音、喉音。这些词汇让尼娜的嘴离我越来越远，也让我经常想到米兰女孩的嘴，如果它有机会长大，属于一个女人，然后再像当年水台前和我说话似的，带着同样的音调，发出闭塞音、鼻音、闪音、擦音、半元音、元音，那又会是怎样呢。啊，不知道除舞蹈之外她还会学些什么：或许她会学现代文学，或许和我一样学古代文学。我们会一起研究标音法，会互相推荐伯默尔、阿斯科利、巴蒂斯蒂、梅洛、雅贝格和尤德、福希哈默尔这些名字。也许，我会喜欢亲吻她，把爱语低声倒入她的嘴里，她也会把那些词语倒入我的嘴里，无休无止。

时不时的，我会从小屋里迷迷糊糊地走出来，想要给尼娜打电话。接通时，会有这样的对话：

"你代数怎么样了？"

"还不错。你呢，历史语言学怎么样了？"

"还在准备。"

"外婆那边都做完了？"

"是的。"

"想要我去看你吗？"

"最好不要，阿布鲁佐和莫利塞地名那块我还差得很远。"

"你还爱我吗？"

"爱，你呢？"

"爱。"

有一次，她说：

"我和你朋友通电话了，他说他在数学上有困难。"

"啊。"

"我告诉他我可以给他上几节课。"

"你的代数考试怎么办？"

"你一边接了好多家教课，一边还能学习；那我也能。"

"但人家给我钱。"

"他也想给我钱。"

"你什么时候开始？"

"明天。"

"他去你家？"

"不，我家里不安静，我们在墓园见。"

"你在小堂里给他上课，就在那个他放面包和香肠的棺材隔间旁？"

"是的。挣钱，还开心。"

我感觉有点苦涩，但我没有告诉她，我觉得她声音里带着紧张，我不想吵架。我心想那个墓园令她大为恼火，但现实中的墓园却让她很是享受。我第一次注意到，她的意大利语中有那不勒斯腔。她和我一样，方便起见，会把方言单词改造成意大利语（例如，当她觉得我是在亲昵地和她开玩笑时，她会说："你是在逗我吗？"）。她和我一样，也会使用方言的句法结构（例如，她会说："他呐，就是他在逗我玩"）。她和我一样，也控制不好词尾元音（例如，在接电话的时候她会说"唔"，而不是"喂"）。我回到学习中，同时想着，如果我想绝对真实地写下我们之间的故事，写下我们之间的这些对话，那写出来的东西会是扭曲的、被腐蚀的，注定只有少数人才能看懂，而且无法被翻译成其他语言；这恰恰与贝纳戈斯蒂老师的预言背道而驰，我无法带着这样的作品从一个城市走到另一个城市，从一个国家走到另一个国家，从一种语言走到另一种语言，无法受到数百万读者的喜爱。

二十七

离历史语言学考试只有几天时间了——考完之后我必须立刻开始学习纸莎草学，这时，我本已相当混乱的大脑变得更加混乱了。我正在小屋里大声背诵阿布鲁佐和莫利塞的地名，这时，门开了，外婆出现了，她比平时更矮，比平时更弯，但没有红光满面，相反，她的脸很白。她向我道歉，她本来不想打扰我，但家里实在没别人能帮她了，她当下膝盖发软，眼前发黑，感觉想吐。

我让她坐下，给她倒了一杯水，她脸色稍微好点了。她说着疲惫不堪的方言，发音不清，似乎舌头不听使唤。她告诉我，当时她正想着，很快就要十一月二日了，也就是悼亡节，悼念她丈夫的节日，突然之间，就有了这种不舒服的感觉。她刚想到：都过了这么久了啊，然后就打了个寒战。

"现在感觉好些了吗？"

"好些了。"

但她没有起身，没有回厨房，她说她怕自己会再次不舒服，怕还没去丈夫墓前为他过节呢，自己就先死了。

"不会的。"我向她保证。

"如果发生了怎么办？"

"我会代你去告诉外公，告诉他这不怪你。"

她突然大笑起来，想给我一个感谢的吻，我推开了她。

但她也不让我学习：她以前从来没有向我索要过什么，但现在明显需要点什么。她在屋里绕了几圈，最后，她问我是否愿意在考试之后行行好，陪她去趟墓园，她已经攒了一点钱，准备买一块装有四个灯泡的木板。我不愿意：

"历史语言学之后，我还有另一门考试。"

"啊。"

"为什么想要有人陪着你？"

"我怕跌倒。"

"你每次都是自己去的。"

"现在我怕自己做不到。"

"为什么。"

"今天早上，老年来了。"

在那个小屋里，我看着她瘫坐在椅子上，想起了她体内那群已经逝去的声音，想起了那个曾经美丽至极的年轻女人，她可能正躲在身体的某个地方，守护着给予过和接受过的那些吻。我又为她感到难过。

"好吧，我说，你帮了我一个忙，我也要帮你一个忙。"

"谢谢。"

但在那一刻，是我开始挽留她。昔日年轻寡妇的形象留在我脑海中不走，我直截了当地问她：

"外公去世后，有没有人向你求婚？"

痛苦还留在她的脸上，但她喜欢这个话题，恢复了活力：

"是的，有人向我求婚，我吸引了这样一群人。"

我们开始聊天，聊了很多，在这里我就不去记录她的那不勒斯话了，我累了，不想再去做无用的模仿，直接用谈话之后情绪亢奋时写下的笔记吧：

"你为什么不愿意再婚？"

"因为我从未像喜欢我丈夫那样喜欢过任何人。"

"但他已经死了。"

"人会死，但你不会因此而停止喜爱。"

"但过一段时间之后，你就会忘记他的。"

"我不想忘记。"

"为什么？"

"在我看来，如果弦断了，曼陀林 ① 就没办法奏乐了。"

"'忘记'这个词里，包含的是心，而不是弦 ②。"

"那样更好。心碎了，死亡就会来临。但我还没有死，我也没有忘记我丈夫，他还活着。"

我想了一会儿，说：

"我也不会忘记。"

"谁？"

她小心翼翼地问我，在尼娜之前，我是否曾经爱过别

_____

① 十七世纪下半叶起源于那不勒斯的弦鸣乐器。

② "忘记"这个词在意大利语是 scordare，"弦"是 corda，看上去似乎"忘记"和"弦"有关系，没有弦了就忘了。实际上，忘记的词根是拉丁语的 cor（心），而在意大利语里，"心"是 cuore，音变之后，已经看不出"心"和"忘记"之间的关联。

人，无法忘记。我告诉她，那不是爱，而是从未完全消失的记忆，我不明白为什么。她不满地嘟哝道，如果我在想别人，那就意味着我不爱尼娜，可怜的女孩，她是如此美丽。这时，我突然想到点什么，那个想法，我从来没有说过，甚至没对自己讲过。我说，尼娜发生了，她是发生的，而不是你选择的。我爱她，是的，但除此以外还有别的事，在头脑中占据着比她还多的空间，激荡我的感情。我给她罗列：阅读、写作和死亡。我有一种对生命的渴望，外婆，这渴望凶猛极了，我觉得生命一直都处在危险之中，我想用各种方式抓住它，我不想让它滑走或结束；这种疯狂的痴迷已经深深扎到这里，扎到我心里了，我觉得，女孩死的时候我就这样了，就是我们楼对面、那栋天蓝色楼上、总在三楼阳台上玩的那个女孩。此时，为了确保她明白我在说什么，我问她：

"你还记得米兰女孩吗？"

"什么米兰女孩？"

"在对面那栋楼阳台上玩、后来淹死的女孩。你真的什么都不记得了？"

外婆不解地看着我：

"她不是米兰人，也不是淹死的。"

"你说什么？"

她摇了摇头。

"她和你我一样都是那不勒斯人，她和她爷爷保奇洛

117

教授一起去世了。他们骑车从海边回家时被一辆汽车轧死了。"

二十八

时至今日，我早就习惯了这种小逆转，就算发生了点什么事，我也不会再感到惊讶了。我的生活已变得如此平淡无奇，早上醒来时，我甚至会想：希望今天会发生点什么，哪怕是坏事也好，只要是我没想到的就行。经过这么多年的锻炼，我已经不会对任何事情感到惊讶了——我都看过、听过、读过、想象过、经历过太多遍了，就算是有人告诉我：考虑到最近有太多老人以如此残忍的方式死去，从今天起，根据上帝的旨意，老人将不再死亡，那我也不会感到惊讶。所以，如果不是为了准确记住过去的事，那我真想现在就把脑袋拆下来、擦干净、再重新装回去，这样，我就能像六十年前那样惊呼了："你在说什么，外婆，米兰女孩是那不勒斯人？"我又加了一句，说得很慢：

"你确定知道我在说谁吗？"

"是的。"

"如果你知道，那你就没有说实话。"

"我从不说假话。"

"你现在说的就是假话。那个女孩说的意大利语，是我听过的最美的。"

"当然了，她是教授们的女儿和孙女。小子，就连她奶奶也是教授。我以为她会让我感到拘谨，但实际上，她这个人非常好。每当我在熟食店遇到她时，她总是第一个打招呼。有两三次，我还在墓园里遇到过她。我们曾经谈过几句，一起买带灯泡的木板，一起质疑卖灯的人，因为他们是小偷，拿了钱，可灯泡要么不工作，要么就一会儿亮一会儿灭。"

关于这位女教授，保奇洛夫人，外婆什么都知道：她是女孩的奶奶，她头发可漂亮了，人别提多优雅了。她会去探望丈夫和孙女的坟墓，一家中发生这么多不幸的事，真令人无法想象。每个上帝不许工作的日子里，她都会去墓园打招呼，她就是这样说的：我来打招呼。真是个好人。外婆很遗憾，后来再也没有见过她，也许保奇洛夫人已经厌倦了向丈夫和孙女打招呼，也许死亡已经把她也带走了。我希望在她这些话里找到破绽，我又问了几个问题，我想知道，也许女孩的母亲、亲戚、祖先是米兰人。不，外婆向我保证，所有人，真的所有人，都是那不勒斯人，她还说：所以我很高兴，你也在学习，也会成为一名教授。我决定问她：

"女孩叫什么名字？"

"保奇洛·曼努埃拉 ①。"

---

① 意大利语中，正式说出某人名字时，姓在前，名在后。

"你为什么从来没有告诉过我这件事？"

"我该告诉你些什么？"

"所有事。"

"你那时还小，而且你也太伤心了。"

"你那时应该全都告诉我的。"

"那时你总是发烧，睡觉时哭，你不知道我有多担心。关于死亡，孩子们什么都不能知道。"

"不公平。"

"公平。如果你知道了死亡，就不会再长大了。"

二十九

考试前最后几天，我很少学习，总是分心。我写了一页又一页，全都关于那个不再来自米兰的女孩。我想从失意中走出来，或者至少搞清楚失意的原因。最后，我觉得，也许我和广场上大多数孩子一样，和以自己的腔调说意大利语的莱洛一样，我也犯了一个错，我错以为那个轻盈的小人儿与那不勒斯格格不入，其实，在汩汩水台前说话的时候，她说的也是书本语言和那不勒斯话的混合，只不过发音异常清晰罢了。为了安慰自己，我这样想，女孩的优美母语是出生之后在家里学到的，其中也许残存了一些同样属于我的那种方言，所以她的声音中会有一些与众不同之处，让我朝思暮想，让我一直紧紧抓在记忆里，让我想

120

用标音法去捕捉。

　　考试前一天，我想给尼娜打电话，想把我的发现告诉她，然后再请她陪我一起等候历史语言学考试①。但我找不到她，所以试着给莱洛打电话。他接了。作为开场白，我先问他，能否在十一月二日给我外婆准备一块装有八个灯泡的木板，她想让丈夫那里更加明亮。莱洛显得很殷勤，但声音似乎和平时不太一样，听起来似乎很亲切、很友好，但底下有一层不耐烦，好像急着要结束谈话似的。但我还有很多话想对他说，于是我继续说道：

　　"你后来有没有想过米兰女孩?"

　　"说实话，没想过。"

　　"我们总是叫她米兰女孩，因为我们不知道她的名字。"

　　"很可能是这样吧。"

　　"她叫曼努埃拉·保奇洛，多难听的名字，还是没名字好。"

　　"啊。"

　　"而且，她不是米兰人。"

　　"啊。"

　　"她是那不勒斯人。"

　　"所以我想不起来她，你把我搞糊涂了。"

　　"是你把我搞糊涂了：米兰女孩是你发明的。"

----

① 意大利大学考试均为一对一口试，只指定考试日期，无法确定具体会在哪个时间被叫到名字。

"不可能，我什么都发明不出来。"

我短短笑了一声，算是同意，然后说：

"但是，我想请你帮忙看看，在登记册、档案夹里找找。我想知道她的墓在哪里，也想为她准备一份带八个灯泡的木板。"

"你命令，我服从。你想要一天、两天，还是三天的？"

"两天就可以。还有最后一件事，然后我就挂电话了。我给尼娜打电话，但找不到她。你知道怎么回事么？"

他沉默了一会儿。

"她就在我这里。"

"她在你那里做什么？"

"数学课。"

"啊。"

"你想和她说话？"

"把电话给她吧。"

我听到远处传来尼娜的声音，她的笑声。当她来接电话时，我立刻就知道，温暖的日子已经彻底结束了。

"你在那里做什么？"我问。

"喝咖啡。"

"就你们两个人？"

"我、他、他母亲。三杯咖啡。如果你也来，我们会等着你，那就是四杯。"

"我不能过去。明天就要考试了。"

122

"那我就在没有你的情况下喝咖啡。"

"考试点名从十一点开始，我有些焦躁。你会陪着我吗?"

沉默。

"好的。"

三十

轮到我了，尼娜仍然没有出现。我坐在考官面前，心跳得厉害，教授声音低沉，问我能否说一个阿布鲁佐的地名——用阿布鲁佐语拼写阿布鲁佐需要多少个 b：老了之后，拼写错误再次出现；死亡将会是我知道的那一点英语、法语和意大利语的崩溃，也许我会忘记拼写，摔碎在外婆的方言里，说不出话，把自己溶解成仅作为修辞格的存在？这个地名要由一个名词和一个形容词组成。我迅速回答："坎波托斯托 ①。"紧接着，他问我著名的黑尔瓦格元音三角 ②，尽管我有几处不确定，但也过关了。但是，问到福希哈默尔的发音位记录法 ③ 时，我沉默了，很抱歉，直

---

① 坎波托斯托（Campotosto）由名词"空场地"（campo）和形容词"坚硬"（tosto）组成，字意"坚硬的空场地"。

② 一七八一年，德国医学家黑尔瓦格（Christoph Friedrich Hellwag）首次提出按照舌位前后、张口大小为元音分类，并将其标注在三角形元音图上。该模式如今已被四边形元音图取代。

③ 一九二四年，丹麦语音学教授福希哈默尔（Jörgen Forchhammer）模仿音素（phoneme）概念，提出了发音素（laleme）概念，在记录口语时，不再记录每一个音素，而去记录每一个发音位置（Laletik）。

到今天我都不知道它是什么。不过，我详细讲述了卡片和标音法，并告诉教授，为了制作这些卡片，我详细问了外婆许多问题，她的方言没有受到污染，她以前是做手套的，现在主要是家庭主妇。我对她的牙齿状况撒了个谎，我说，感谢上帝，六十五岁的她几乎还拥有全部牙齿。情况不错。考官很激动，称赞外婆们的作用，更称赞我懂得如何突出外婆的优势这一点，他提醒我，一定要为这次合作好好鼓励一下外婆。最后，他给了我二十七分 ①。这个分数在我看来非常高，是一个非常愉快的开始。对于自己掩饰无知的能力，我也很满意。

我走出教室，因成功而心花怒放，在没有阳光、寒冷的救世主回廊寻找尼娜。我立刻看到了她，但她不是一个人，旁边还有莱洛。他俩相距一米，摆出一副互不认识的样子，但我看了一眼就意识到，他俩紧靠在同一个火圈里，就像在马戏团里表演某个令人咋舌的压轴节目。我快步走到他们面前，莱洛问我：

"怎么样？"

"二十七分。"

"真棒。"

"我猜也是。"尼娜说。

我太高兴了，以至于无法释放——在我面前，他俩并

---

① 在意大利，考试满分通常为三十分。

排站着，满是尽快拥抱对方的愿望——躲在身体某处的苦闷。我举起食指，讽刺地交替指着他们俩：

"你俩现在是男女朋友了？"

莱洛摆出一副镇定自若的样子，答道：

"还没有。我们想先告诉你。"

"他，"尼娜纠正，"是他想先告诉你。不是我。这种事，发生就发生了。"

"所以已经发生了。"

"是的。"

"为什么？"

莱洛尴尬地插话：

"没有理由。"

我转向他，尽可能认真地说：

"我们该怎么办？"

"什么意思？"

"要不要用决斗来解决？"

莱洛笑了，我也笑了，尼娜紧张起来。

"为什么你总要在谈论严肃事的时候开玩笑呢？"

"我没有开玩笑：决斗的话我也只会杀死他，发泄一下，我不觉得还有必要杀死你。"

"你的问题是还没长大。"

"你认为我需要做什么才能长大？"

"我不知道。"

尽管我依然感觉心情不错，但莱洛一定是看到了我的苦闷，于是决定换个话题，帮我一把。

　　"我给你带来了收据。优惠价格，每个灯泡给你八十里拉。"

　　我看了看数字，付了钱。

　　"谢谢你。"我说。

　　"要谢谢你，"他回答说，"为了所有这一切：我无法忘记你外公的剑，也不会忘记死人沟。多么美丽的故事，棒极了。我还给你找到了这位曼努埃拉的详细埋葬地点。你也给她讲过恐怖故事吗？"

　　我感到自己果断地摇了摇头，意识到快乐正在离开。

　　"说真的，你不记得那个女孩了？"

　　"说实话，不记得了。"

　　尼娜插话，现在她声音里带着痛苦，听起来很真诚：

　　"你看到了吗？你让别人没法爱你。"

　　她是对的，也许，如果我想让自己像莱洛那样讨人喜欢，那我就必须停止编故事，就像我停止用外公的剑决斗一样。可与此同时，我又突然想到，如果我真的放弃了写作，那就等于放弃了那个信念，不再去相信自己有能力完成多项伟大壮举，那样的话，我不但证明了贝纳戈斯蒂老师是错的，还必须承认自己毫无任何特殊之处。我对尼娜说：

　　"这个狗娘养的不知道关于米兰女孩的事，因为我还没有写这个故事。可如果我写了，人们就会记住她的，曼努埃拉·保奇洛，尽管她名字和姓都难听，但也会永垂不朽。"

我转过身，跑到最近的电话旁，告诉外婆考试的情况。

"喂。"她焦急地喊道。

我也对着电话大喊：

"我们很棒，外婆，我们得到了二十七分，这是一个很高的分数。"

三十一

我遵守承诺，在悼亡节那天陪外婆去为她丈夫过节。上午十点，天已经阴沉一片，略带咸味的风和乌黑的云笼罩着被雨淋湿的城市。她曾发誓说，在我很小的时候，她会把我抱在怀里或牵在手里，一起出门享受那不勒斯的空气与阳光。如果不算那时候，这就是我们唯一一次共同出门。

路上一点都不容易。城市拥堵不堪，拥挤的公共汽车慢如步行，通往墓园的路上，一家家的，都是去给死者打招呼的。我觉得外婆确实虚弱，她走得很慢，挂在我手臂上，穿着正式的黑裙子，小包紧紧攥在胸前，生怕有小偷。无论如何，我们到了。我们来到外公墓前，她慢慢离开我，在大理石板前站定。板上有三张棕色的画像和名字，是她的公婆和丈夫——那个摔死的夫君。他看起来是个健康的年轻人，如果他看到我外婆肯定会想：这他妈是谁。大理石湿漉漉的，在那些灯泡的照耀下闪烁。莱洛在石板和框架之间的凹槽上装了一块铁片，带八个灯泡的木板就固定在上面。

"有了光真美啊。"外婆感叹道，她站在雨伞的圆顶下，非常满意。

"我加的，"我说，"我让他装了八个灯泡。"

"干得好，宁可挥霍也不吝啬。"

"你想祈祷吗？"

"不想。"

"那你打算做什么？"

"我在心里和他说说话。"

我表示同意，问她能否自己在那里待十分钟，不要到处乱跑，否则一会儿我找不到她了。她警觉地问我，有什么急事要办，我对她撒了个谎，说我刚才看到了一个朋友，要去打个招呼。她不高兴，但也同意了。可等我都走到大道尽头了，她还在对我大喊，好像我是个孩子："别跑，小心点，别给自己摔到了。"

我找到守墓人，递上莱洛给我的纸，上面写着女孩坟墓的位置。守墓人给我讲得很详细——先向右，然后向左，然后上坡，然后下坡，于是，我在雨中，在黑色的天空下，向保奇洛家的小堂走去。那里栅栏门敞开着，一个活着的灵魂——正如俗语所说——都没有①。小堂里一片荒凉，令人心寒，只有风卷来的烂树叶、蝎子、尖嘴鼠和狼蛛。独自闪烁着节日光辉的，是莱洛装在棺材隔间底部的八个灯泡，那里写着：曼努埃拉·保奇洛，一九四四年至一九五二年。

我面有悲色，听了一会儿雨声和老鼠的叫声。然后，我忍不住了，拿起纸笔写道：你是否同意我在余生中继续称呼你为米兰女孩？我把纸叠了起来，塞进了大理石上的十字形开缝里。我刚一放进去，八个灯泡就同时熄灭了，小堂淹没在灰色的阴雨里。

我吓坏了，心想莫非是曼努埃拉·保奇洛在向我要求使用真名，然后，我冒着大雨匆匆赶回外婆那里。看到她时，她正在气头上，其他一些死者亲属也是如此。他们大喊，每次悼亡节都是这样。我们花大价钱买灯，可看吧，灯——骗子、小偷、老鼠的女儿、尿壶的儿子——开始还有，然后灯泡咝咝响一声，灭了，又亮了，最后彻底灭了。

"如果是这样的话，"我激愤地说，"我们去抗议吧。"

"好。"外婆同意了。

我们五六个人走在林荫道上，她和我打头。路上，我们遇到了另外几支队伍，也都心有不满，所有人都花了钱，想尽可能给死者照亮点，可即使花了钱，下面——他们中

---

① 意大利语俗语"一个活着的灵魂都没有"，意思是一个人也没有。

129

一些人愤怒地指着被雨淋湿的地面——还是比以前更暗了。

我们来到接待处，挤入门厅。里面一片黑，人群里骚动更多了。我们戳在一楼，一副想要打架的样子，楼上也有一些棺材隔间，没了灯，死者亲属们从栏杆上探出身，发出尖锐的吼叫，有时是一个字的诅咒，有时别具一格地连成了句子，他们把对方家里的女人挨个骂了个遍，用有气无力的手扇自己耳光，似乎在训练，准备一会儿更大力地去打收银员、电工、当电工的收银员，发誓要把写有付款金额的收据拍到他们脸上。

外婆在语言上自觉游刃有余，我就感到有些别扭了，我受过教育，更愿意用意大利语抗议。更不用说，这一小群人面对的并不是一大排恶棍，而是莱洛一个人，是他那金发挪威水手般的英俊面孔。他的身边是尼娜，也许是去看莱洛，甚至可能是当了新员工。起初我有些担心他们，之后就平静下来了。我看着他们，在我眼里，两人如此默契，如此无敌，如此准备就绪，能够应对人群的愤怒。他们能够以成年人的技巧和热情来解决这一切，先让暴乱者感到敬畏，然后再承诺会立刻采取行动，重新点亮灯光。做这些事的时候，他们用的都是大学生那种意大利语，夹杂着星点那不勒斯话。那一刻，他们只能感受到生命的完满，因两人之间的结合而沉浸在幸福之中。在任何地方他们都能享受这样的结合，在警察局里，在急诊室的病人和伤员之间，在战争中，当然还有在愤怒的死者亲属面前。

就连我，面对他们那耀眼的卖灯身影时，也只能从边缘看到一圈浅浅的死亡光晕。

三十二

就连这点光晕，我都想努力把它抹去。它看起来就像云与太阳对抗、不想让太阳钻出来时的那圈暗边。所以，我和他们保持着朋友关系，关心他们的考试，为他们考过而感到高兴，好像他们既不厌倦也不嫌烦。当然，我们三个再也没有一起出去玩过。但我还是会在各种喜庆场合见到他们，这里一次生日，那里一次熟人婚礼。而且，我们还一起参加了一个英语课程。

我一直没能用好这门语言，写不好，也说不好。我就像一个尽管跑调但仍想唱歌的人。当教授督促我们对话的时候，没人听得懂我说的英语，教授更不懂。尼娜和莱洛则大放异彩。例如，他们能用完美的发音说，《人间天堂》是菲茨杰拉德的第一本书，这个惊人的故事令举国上下震撼不已，令作者一举成名。当我听他们说话时，心里很高兴，终于可以看到他们轻盈地生活，不再笼罩在哀伤里。他们美丽而幸福。就在不久前，我又见到了他们，虽然年纪大了，连三个孩子都已经五十多岁了，但他俩仍像年轻时一样耀眼。他们从未想过——我愿意这样相信——不得不揭开死人沟盖板的那一刻。所以，在我看来，他们永远不会揭开它。

至于我自己，没什么可讲的。我放弃了纸莎草学的考试，它给我带来一波又一波的恐慌，我再也无法忍受维苏威火山，无法忍受火山爆发，无法忍受菲罗得摩斯的一部分文字偶然获救而另一部分没有。我也后悔在棺材隔间里给曼努埃拉·保奇洛留下了那张纸条。我想象着，几千年后，学者会发现、阅读并尝试理解那几行字，我计划过，趁夜色重返墓园，移开大理石板，取回纸条，摧毁遗臭万年的可能。当我想到那座坟墓时，会立即恼怒地把它推开，然后继续想象曼努埃拉步祖先后尘上大学的样子。她变成一个美丽、有文化的女孩，精通法语、英语和德语，与家境殷实的未婚夫订婚。她就在那里，过着比尼娜更璀璨的生活，在那不勒斯的车流间，从容自信地从细腻的意大利语过渡到方言，用词用得比我外婆还贴切。在这座既可怕又奇妙的城市里，家境优渥的人都是如此。

在那阵狂热的自我改造过程中，我再次坠入爱河。我喜欢女孩们的声音，所以，虽然离毕业还很远——那年我只参加了历史语言学的考试，但我又交了一个女朋友，打算很快结婚。在此期间，在我未来妻子的鼓励下，我最后一次尝试写短篇小说，可惜勉勉强强，自己这关都过不了。比如，我读了一些关于盖乌斯·尤利乌斯·恺撒的内容，于是写了一个故事，关于他的书记员。恺撒给这位书记员口述《高卢战记》时，书记员跟不上主人那温柔的声

132

音，沮丧之中，一页又一页，突然变成了维钦托利①。我读了《卡拉马佐夫兄弟》，于是想出了一个年轻人，他为了拥有自己的生活，必须向国库支付一大笔黄金，与他父亲巨大的尸体一样重。我读了一些文章，关于遍布全球的贫困现象，于是构思出一则故事，写一个非常敏感、肥胖至极的人，他在天花板上安排了一些烧红的杆子，把自己绑在上面，让自己一滴一滴地往下漏，附近的饿汉在他身下摆了许多容器接着。我读了肾脏移植的事，想到一个抑郁的小职员，眼睛真的从脑袋里掉出来了，落在了地上，所以，眼球第一次从这个角度看世界，更是第一次从这个角度看自己。

我把这些文字都塞给女朋友，每次她读完之后总是惊呼："你笔下这些人物总是带着垂死的疲惫感，他们如此郁郁寡欢。"一天晚上，我注意到：即使是看起来最有活力的文字，打心里说，我也觉得它是死的。次日早上，我对自己说：不要再装自己有多特殊了，不要再妄想某一天能够凭第一本书一举成名②了——啊，我太喜欢这个词了；文学与决心无关，换条路吧。我只是我，是众多转瞬即逝的生命物质聚合体之一，童年时的臆想必须停下了。于是，一步又一步地，我为自己规划了一个不那么难的学位，一

---

① 维钦托利是公元前一世纪凯尔特人阿维尔尼部落（居于今法国东南）的首领。公元前五十八年至五十年，恺撒率罗马军团攻占高卢（今法国和瑞士），公元前五十二年，维钦托利组织高卢地区多个部落联合抗击恺撒。当年九月，维钦托利一方败北，他本人投降被俘。

② 此处原文为英文。

份踏实的工作，一个忠诚丈夫兼慈爱父亲的角色，一次自我满足的生命。完成这些之后，我准备略略提前衰老，几乎是未雨绸缪的艺术。

但是，有一件事我必须坦白，否则就不够真诚了：就在我最后一次长身体的发烧中，是外婆再一次帮了我一把，通过生病和死亡帮了我一把。她离开人世之后，我就彻底失去了任何成大事的动力，即使几十年后，当我重新开始写写画画的时候，我也只有激情，不剩期待。我已经知道了，我们活着时产生的那一点点鲜活的东西是无法用文字来表达的，符号们先天不足，在评论和沮丧之间摇摆不定，其实这样也好。不过，我也给自己找了一个小小的托辞，直到今天还在用：找到贴切的词能够带来快乐，即使只是当下看起来贴切，过后并非如此；写字本身能够带来令人震撼的快乐，即使只是夏天在石头上用水写字，而且，谁会去在乎什么共识、真实、虚假、散布是非或播撒希望的义务、持续时间、记忆、永垂不朽等等。

如果非要说有什么问题的话，那就是，这种快乐是脆弱的，那些真正重要的事，尽管滑下去了，也挣扎着想要重新上来。几十年来，我一直告诉自己：现在，我要去写莱洛、尼娜、曼努埃拉·保奇洛，尤其要写外婆，但之后我又放弃了，转而选择那些在我看来更有深度的东西。当然，比如马塞尔·普鲁斯特，他就在《追忆似水年华·所多玛和蛾摩拉》中重新找回了自己真正的外婆。可我的外婆，连曼努埃拉·保奇洛的奶奶都敌不过，更不要说普鲁斯特的外婆了。我在纸上写，还没写几行就心灰意冷，重新收起来了。

这次之所以决定再次尝试，是因为我最近在确凿的幻觉间又看到了她——驼着背，长着菜椒般的鼻子，身材非常矮小，在一本已经细心写好的小册子里瞥见了她，那本小册子薄薄的，就像她本人：我心说，只要在字与字之间加上空格，在这里和那里回车，再给章节编上号，就足够了，这样就完成了。于是我就开始打草稿，一天又一天，直到今天早晨，起点就是她留在我记忆里的那两三件事，在人物心理、故事、优美语言方面完全没有任何价值。例如，我曾经问过她：外婆，怎么才能去死；或者，她曾经在历史语言学考试中帮过我，为了那门课，我不得不买好几本书，其中一本小书，只有不到一百页，一千一百里拉，作者是阿涅洛·真蒂莱，书名《标音法要点》——后来我把这本书搞丢了，从中学习了如何记录老年人口中的那不勒斯话单词。方便起见，我选择了一直住在我们家的她，我的外婆安娜·迪·洛伦佐。不过，没有人这样称呼她，需要努力回忆一番才能想起来她叫安娜。对她那一串姐妹来说，她叫娜妮，对我母亲来说，她叫妈妈，对我父亲来说，她叫丈母娘，对我们四个外孙来说，她叫外婆，就是这样，重音在后面。外婆是一声猛喊，一道极不耐烦的命令，一份强迫对方立即服从的讨要。有时她会因怨恨我父亲而离家出走，但我和弟弟们总会在她走到最后一段楼梯之前抓住她。在我们看来，她已经很老了，总是在忙家务事，顺从，几乎从不说话，所以当她突然站起来试图逃跑时，我们既惊讶又警觉。

我记得，有一次我在外面逛了一天，很晚才回家，进了家门觉得有些乱糟糟的，许多吵吵嚷嚷：我母亲在哭，厨房地板上有水，一把椅子翻倒了，我外婆那双破旧的拖鞋扔在那里——她通常都是很爱整洁的——一只在走廊里，另一只在她和我弟弟们一起睡觉的房间门口。赶来帮忙的一位邻居说，她中风了。中风导致她鼻子出了点血，此时嘴歪向一边，再也不说话了。她不再干活了，蜷在厨房窗边的小椅子上，连着好几个星期。她还会像往常一样，睁大眼睛深情地看着我，当我在家里走来走去的时候，她会想和我说话，但却什么也说不出来。

几个月过去了，有一天早上，她没有下床。我父亲大喊，需要氧气——氧气罐，但却没有。他没有说："去找氧气，否则你外婆会死。"他甚至没有把手伸进钱包，而我们这些孩子没什么钱，就算我们在某家药店找到了氧气，恐怕也会发现钱不够用。他要么是在对自己说话，带着愁闷，带着痛苦，要么是在对天花板说话，对天堂、对圣人说；肯定不是在对我和弟弟说。但我们还是冲出门，急忙跑下楼梯，跑向加里波第广场，跑向福尔切拉区，我想，与其说是为了把外婆从死亡中救回来，不如说是为了逃避她正

136

在死去这个令人无法接受的事实。

　　事实上，当我们空手回家的时候，她已经死了。今天，我在想，这几十年来，多少近亲远亲、多少好友熟人都已经死了。我为他们列了一个详细的名单，从女孩和我外婆开始。列完之后连我都惊到了，他们的数量如此之多，看上去甚至比去年和今年的瘟疫死亡人数还要多。我见过的第一个死人就是她。她脸色惨白，整张脸似乎挂在鼻梁骨上，铺在颧骨上，像手帕一样。我吻了吻她的额头，发现她的体温就像冬日里的花盆、糖碗、钢笔、缝纫机。我感到胸口一阵剧痛，立刻后悔不该去吻。和她一起彻底死去的，还有那个米兰女孩。

Domenico Starnone

Vita mortale e immortale della bambina di Milano

Copyright © 2021 Giulio Einaudi Editore S.p.A., Torino

Simplified Chinese edition copyright © 2024 Archipel Press

All rights reserved.

图字：09-2024-0037 号

Questo libro è stato tradotto grazie ad un contributo del Ministero degli Affari Esteri e della Cooperazione Internazionale Italiano.

本书翻译得到意大利外交与国际合作部特别经费支持

图书在版编目(CIP)数据

米兰女孩/(意)多梅尼科·斯塔尔诺内著;狄佳译.—上海:上海译文出版社,2024.6

书名原文:Vita mortale e immortale della bambina di Milano

ISBN 978-7-5327-9478-2

Ⅰ.①米… Ⅱ.①多…②狄… Ⅲ.①中篇小说-意大利-现代 Ⅳ.①I546.45

中国国家版本馆 CIP 数据核字(2024)第 084824 号

米兰女孩

[意大利]多梅尼科·斯塔尔诺内 著 狄佳 译

特约策划/彭伦 郭歌 责任编辑/徐珏 封面设计/李佳 封面插图/黄绘江

上海译文出版社有限公司出版、发行

网址:www.yiwen.com.cn

201101 上海市闵行区号景路 159 弄 B 座

苏州市越洋印刷有限公司印刷

开本 850×1168 印张 4.5 插页 2 字数 65,000

2024 年 6 月第 1 版 2024 年 6 月第 1 次印刷

印数:0,001—6,000 册

ISBN 978-7-5327-9478-2/I·5931

定价:49.00 元

本书中文简体字专有出版权归本社独家所有,非经本社同意不得转载、摘编或复制

如有质量问题,请与承印厂质量科联系。T:0512-68180628